Une affaire vous concernant

Une affaire vous concernant

Théâtre

Sébastien Martin

© 2021 Sébastien Martin
www.sebastien-martin.fr

Édition : BoD – Books on Demand,
12/14 rond-point des Champs-Élysées, 75008 Paris
Impression : BoD - Books on Demand,
Norderstedt, Allemagne
ISBN : 9782322379941

Dépôt légal : 08/2021

Personnages

Elena — Directrice d'une agence de notation, la trentaine. S'aide d'une canne pour marcher.

Paul-Loup — Homme politique à l'air bonhomme. 55 ans.

Tony — Flic ou écrivain. 40 ans.

Le coach sportif

La grand-mère

La petite fille

Le bonneteur et ses compères

Acte I, Scène 1

Paris 2019. Le salon d'un appartement confortable, moderne. Fin d'après-midi d'été. Il fait déjà sombre, l'orage menace.
Elena essaie de lire mais elle semble nerveuse. Paul-Loup est confortablement assis dans un fauteuil. Paisible bien qu'affairé, il zappe sur son smartphone, feuillette un journal et diverses revues.
On entend le 3ème mouvement de la 3ème symphonie de Philip Glass.
Elena se lève pour baisser la musique. Elle marche en s'aidant d'une canne. Ayant regagné le canapé, elle peine toujours à rester concentrée sur sa lecture.

Elena, *agacée*
On n'y voit rien ! Dix-huit heures ! La nuit n'est pas encore là qu'elle se fait déjà sentir ! C'est pas vrai !

Paul-Loup se lève nonchalamment et allume une lampe avant de se rasseoir.

Elena
C'est mieux !

Toujours nerveuse, Elena se remet à lire. Paul-Loup augmente le volume avec sa télécommande.

Elena
Ah et puis éteins-moi cette musique !

Paul-Loup obtempère, sans y prêter attention, absorbé par ses journaux. Elena poursuit sa lecture, maintenant plus concentrée.

Elena
La vache, écoute-ça ! "Je suis dans l'œil du cyclone. Il n'y a plus de ciel. Tout est amalgame d'éléments. Il y a des montagnes d'eau autour de moi." *(Pensive, elle répète plus lentement)* "Je suis dans l'œil du cyclone. Il n'y a plus de ciel. Tout est amalgame d'éléments. Il y a des... »

Un éclair immédiatement suivi du tonnerre déchire le ciel.

Elena, *sursautant*
Ah !

Paul-Loup reste imperturbable. Elena se lève, se dirige vers la commode, où elle se verse un verre de vin. Elle observe le spectacle de l'orage à travers la baie vitrée. Dehors, il pleut à verse.

Elena, *pensive*
C'est le déluge !

Le téléphone sonne, elle répond, sèchement mais avec assurance.

Elena
Oui ? Non, je suis chez moi. (…) Directement, j'en ai profité. Dis-moi, qu'est-ce qu'il y a ? (…) OK (…) OK (…) C'est bon, j'ai compris. Hé bien tu lui dis non. (…) Non, je ne veux pas, c'est tout ! (…) Non, on ne change pas les plans ! Jamais ! (…) Je m'en fous, ce n'est pas une raison. (…) Elle ne touche à rien, on ne change rien, compris ? Quoi ? (…) Peur ? Elle a peur ? Non mais on est où, là ? (…) Oui, mais ça, je m'en fiche, ça ne me regarde pas. Ce sont ses problèmes, à elle. Tu entends ? à

elle ! Alors, on la stoppe, on coupe, on cloisonne. Tant pis pour elle, il fallait y penser avant. C'est tout. (…) C'est tout, j'ai dit ! Au fait, c'est bien neuf heures la réunion ? (…) Très bien, je passerai à Wagram avant. (…) OK. (…) OK (…) Oui, je sais. *(S'énervant)* Mais je te l'ai dit comment ça allait se passer ! Tu veux que je te le répète ou quoi ? (…) Sûre ? Sinon, tu ouvres tes mails, tu retrouves celui que je t'ai envoyé hier à 17h43, oui 43, bien sûr, et tu verras tout y est dit. Tout. Et demain ça va se passer exactement comme il est écrit dans ce mail. Exactement. D'autres choses ? (…) C'est bon, y a pas de quoi. Oui ? (…) Oui ici aussi, c'est le déluge. (…) Ouais, ben écoute c'est comme ça, on va pas en faire un plat, si ? (…) Allez, c'est ça. A demain. Et… Prends soin de toi, hein !

Elena se laisse lourdement tomber sur le canapé.

Elena
Oufff, je ne suis pas aidée, moi ! Qu'est-ce t'en penses ? Et je sens la fatigue, là… Dis, c'est pas normal que je fatigue comme ça. J'ai toujours eu de l'énergie à revendre, dix mille trucs à l'heure, et là, lundi 18h, et y a plus personne…

Paul-Loup, *distraitement*
T'inquiète !

Elena reprend son livre.

Elena
T'as entendu ce que je lisais tout à l'heure ? "Je suis dans l'œil du cyclone. Il n'y a plus de ciel ; tout est amalgame d'éléments, il y a des montagnes d'eau autour de moi". Tu

sais ce que c'est ? Les derniers mots d'un marin, tu connais peut-être toi, Alain Colas. Après, plus rien, disparu !

Paul-Loup, *chantonnant la chanson d'Alain Chamfort*
Où es-tu Manu Manureva ?

Elena
Tu chantonnes ? Tu t'en fiches de ce que je dis, toi, hein ? Je te parle d'un gars qui va se noyer, et toi tu chantonnes ? Tu t'en fiches comme tu te fiches de tout de toute façon ! *(Se levant soudainement, et marchant avec sa canne. Elle change de ton et s'emporte.)* Hé bien moi je ne m'en fiche pas, figure-toi. Je ne m'en fiche pas, ça me touche. Ça m'atteint. Ça m'agace que ça m'atteigne mais ça m'atteint ! Je ne sais pas pourquoi ! Et j'aime pas ça ! Tu m'entends, j'aime pas ça ! Mais je n'y peux rien, j'ai le flair ! C'est ça ma force, même. Et là je le sens ! Je ne sais pas quoi, mais je le sens. Moi je te le dis, il y a quelque chose qui vibre, là, dans l'ombre, quelque chose qui se trame et c'est pas bon... J'aime pas ça, oooh que j'aime pas ça ! *(Tentant soudainement de se calmer)* Mais ! Je veux pas d'angoisse, pas d'angoisse ! C'est fini le temps de l'angoisse, c'est fini, ça ! OK ? C'est fini, fini, fini... *(Elle se ressert un verre)* Alors, non, tout va bien. Je le sais pourtant que tout va bien. Faut que je me calme... *(Elle respire longuement)* Y a de l'orage, mais tout va bien. Les murs, la maison... toi assis dans ton fauteuil... Touououut va bien... *(Puis s'emportant subitement, là où on pouvait croire à une accalmie)* Mais non, tout ne va pas bien ! Superwoman a des états d'âme ! Le monde entier la prend pour une femme forte ! Un roc ! La nana qui assure. Partout. En toute circonstance. Jamais prise à défaut. Toujours du répondant, toujours une solution. Ils en oublient ma canne et ils me prennent

pour un chat... Un chat qui retombe toujours sur ses pattes. Et qui n'a peur de rien. Qui ne risque rien. Un chat qui aurait sept vies.

Paul-Loup
Ça !

Elena
Tu te rends compte, il y en a encore un qui m'a dit que j'avais un don pour dire l'avenir. Un ministre, tout à l'heure ! Il buvait mes paroles. Les types, ils ont tellement besoin de se raccrocher à quelque chose. Tu leur présentes un truc avec l'assurance de l'oracle, ils adhèrent. Ils veulent croire à une logique. Ça suffit pour les rassurer, ça les déculpabilise. Peu importe quelle logique, n'importe laquelle fait office de vérité. Alors moi je fais le job. Pas de problème, je suis très forte là-dessus. Et quand je fais le job, je n'ai aucun souci, moi aussi ça me rassure. Tout tient, même moi, il n'y a aucun problème... Mais sauf que là, moi je sens qu'il y a un problème, je le sens. Je ne sais pas encore lequel, mais il y a quelque chose... Tu restes bien silencieux, tu ne dis rien ?

Paul-Loup
Disons que... je laisse passer l'orage.

Elena
Quel orage ? Je ne suis pas en colère, je suis...

Paul-Loup
Angoissée. J'ai bien compris. Et je ne t'ai jamais vue comme ça, à vrai dire. Enfin, pas depuis... offf... Et je n'aime pas ça. Parce que moi c'est ton angoisse qui m'angoisse. Je n'ai pas besoin de ça. J'ai besoin de toi forte, tu le sais ma chérie, et sans état d'âme.

Elena
Tu ne sens pas toi qu'il y a quelque chose qui va se passer ?

Paul-Loup
Non, je ne sens rien. A part ce soir, là, un petit coup de vent, léger, très léger. Sinon, non je ne vois rien, je ne sens rien, je t'assure.

Elena
Rien ? Y a pas un truc qui menace ? T'entends pas comme un bruit d'éboulis au loin ? Les prémisses d'une avalanche ? Y a une digue qui va céder, et toi tu restes de marbre ! De marbre, tu entends ? Ça te fait penser à quoi le marbre ?

Paul-Loup
Ouhhh tu es bien agressive ! C'est la convocation qui te stresse comme ça ?

Elena
Non ! Enfin oui, bien sûr. Mais pas que, quoi ! C'est… Enfin, c'est quand même pas rien, cette convocation !

Paul-Loup
Tu as quelque chose à te reprocher ?

Elena
Tu rigoles ? « Une affaire vous concernant »…. Tu en connais beaucoup des affaires me concernant ?

Paul-Loup
Oh tu dois en avoir une palanquée, non ?

Elena, *le fixant avec incrédulité*
Tu… tu me laisses sans voix.

Paul-Loup
Je t'ai dit de ne pas t'en faire. Je m'en suis occupé, j'ai vu ça avec mon avocat. Il en a vu d'autres tu sais. Tu as bien fait de ne pas t'y rendre. C'est un commissariat de quartier. Moi j'ai passé deux trois coups de fil, c'est réglé, ils ne vont pas te reconvoquer.

Elena
Un commissariat de quartier ? Ah, c'est la meilleure ! Quel aplomb ! Tu es tellement sûr de toi ! Mais on ne sait même pas de quoi il est question…

Paul-Loup
Ha ben tu vois ! Tu dis tout et son contraire ! C'est toi qui te fais des films, qui penses tout de suite à tes trucs, là, tes affaires…

Elena
Mais…

Paul-Loup
Alors bien sûr qu'à ton poste, tu es forcément une cible, y a des tensions, des enjeux qui te dépassent, tu n'y peux rien. Mais rassure-toi, ça n'a certainement rien à voir avec ton boulot, ça peut très bien être juste un truc de voisinage, une dispute au septième, et ils recherchent un témoin…

Elena
Qu'est-ce que tu racontes ? Mais je ne te parle pas de mon boulot, pas plus que d'une dispute au septième, voyons !

Une affaire vous concernant, tu entends ? Hé oh, y a quelqu'un, là ? Tu fais semblant de pas comprendre ? T'as pas envie de voir, pas envie d'entendre, mais moi je te le dis, il va se passer quelque chose.

Paul-Loup
Mais non, voyons… Aie confiance un peu. Je me suis occupé de tout.

Elena
Mon cul !

Paul-Loup
Oh, tu m'agaces ! Pense à autre chose !

Elena
Je ne peux pas. Je ne suis pas comme toi, à avoir de la merde dans les yeux et les oreilles. Je ne peux pas rester là, à faire semblant et à attendre sans rien faire.

Paul-Loup
Hé bien, vas sur le palier alors !

Elena
Quoi ?

Paul-Loup
Oui, fais comme Chostakovitch, vas sur le palier !

Elena
Qu'est-ce qu'il faisait sur le palier Chostakovitch ?

Paul-Loup
Il faisait comme toi, il s'inquiétait ! Il était persuadé que

le NKVD allait l'arrêter, alors pour ne pas déranger ses proches, parce qu'il était comme ça, Chostakovitch, il était délicat, lui, il passait ses nuits sur le palier, avec sa petite valise et sa petite brosse à dents, tout beau, tout propre, prêt à être arrêté.

Elena regarde par la fenêtre, pensive.

Elena
Il a été arrêté finalement, Chostakovitch ?

Paul-Loup
Oh mais ne t'en fais pas, ma chérie !

Elena
Il a été arrêté ?

Paul-Loup
Oui. Et non.

Elena
Oui ou non ?

Paul-Loup
Oui : il a été convoqué au siège du NKVD. Alors il y est allé, toujours avec sa petite valise parce qu'il savait que personne ne ressortait libre d'une convocation chez eux. Mais c'était le NKVD, hein ma chérie, c'est pas pareil ! Bref, il y est allé... Et puis... il a eu de la chance. Une sacrée chance même. A l'accueil, on lui a dit de retourner chez lui, que sa convocation n'était plus d'actualité ! Et tu sais pourquoi ?

Elena
Non.

Paul-Loup
Parce que l'officier qui l'avait convoqué avait lui-même été arrêté pendant le weekend !

Elena, *incrédule*
Non !

Paul-Loup
Si ! Désigné par un autre comme traitre à la patrie ! Et voilà, coup du sort. Comme quoi, tu vois, il ne faut jamais désespérer. Alors, crois-moi, ma chérie. J'ai passé les bons coups de fil. Tu ne seras pas reconvoquée.

On frappe à la porte, énergiquement. Elena et Paul-Loup se regardent stupéfaits. On frappe de nouveau.

Une voix
Police ! Ouvrez !

- Noir -

Acte I, scène 2

Moscou, juillet 1994. Une petite fille de 8 ans et sa grand-mère, typique babouchka, sont dans la cuisine d'un appartement soviétique. C'est le matin. La babouchka sert de la kacha (bouillie) à la petite fille. Elles sont toutes deux silencieuses pendant toute la scène.
Un poste de télévision crache les dernières nouvelles. La grand-mère la regarde parfois, tour à tour intéressée, étonnée, moqueuse, inquiète. Elle change de chaine pour regarder une telenovela mexicaine : Prosto Maria.

Voix off
« Moscou, juillet 1994. Les files d'attente s'allongent devant les agences MMM, ce fonds d'investissement qui a bâti son succès sur un système spéculatif pyramidal. Le cours s'est soudainement écroulé, entrainant la perte des économies de milliers de russes qui s'étaient bercés d'illusions, happés par le rêve capitaliste.
Depuis quelques années, l'effondrement du système soviétique entraînait un bouleversement complet sur le plan économique, politique, social, et culturel. La société entière avait soudainement vu s'effondrer le socle très rigide qui l'avait modelée, contrainte, meurtrie durant tant d'années. Toutes les valeurs étaient prises à contre-pieds, l'argent s'imposant désormais comme l'outil indispensable et le maître-étalon de toute aspiration au

bonheur et à l'épanouissement. Des scientifiques, pourtant à la pointe de leurs disciplines, désertaient les instituts de recherche pour s'improviser agents immobiliers et vendre des datchas de luxe à des nouveaux riches. Les mafias locales prospéraient de façon exponentielle au rythme des privatisations. Ceux qui avaient des capitaux, ceux-là même qui avaient été soignés par le système précédent, ceux qui détenaient déjà le pouvoir politique ou économique sous le régime soviétique, ont pu pleinement profiter de ces privatisations pour confisquer les richesses nationales et les biens stratégiques. Pendant ce temps, la population endurait une terrible crise économique que n'arrivaient pas à cacher les publicités pour des marques occidentales. Les mirages se répandaient sur les étals vides des marchés. A la télévision, on pouvait suivre les aventures publicitaires de Leonid Golubkov, ce supposé conducteur de bulldozer qui, grâce aux actions MMM avait pu s'acheter une maison, voyager, et même danser avec Maria, la star d'une telenovela mexicaine. Jour après jour, Maria, par son charme et son courage, pansait les plaies de millions de foyers.

MMM promettait des dividendes de près de 1000% à ses actionnaires, et assurait qu'on pouvait revendre ses actions plus chères d'une semaine sur l'autre. Le système ne reposait évidemment sur aucun autre fondement que la crédulité, et les gains des actionnaires étaient payés par les nouveaux acquéreurs. Un tel système pyramidal, dit système de Ponzi, ne marche que tant qu'il se développe. A un moment, fatalement, il y a un retournement de situation, une mauvaise nouvelle, un grain de sable qui vient enrayer la machine. Alors les illusions s'envolent, les mirages se dispersent. Ne reste plus que la dure réalité, sans fard. La réalité du sol qui se dérobe, et qui laisse place à l'abîme. La réalité d'un monde qui s'effondre et qui emporte toutes ses certitudes dans sa chute.

Pendant ce temps, la petite fille et sa grand-mère ont fini leur frugal petit-déjeuner, puis se sont préparées à sortir. La petite fille a des rubans noués dans les cheveux. La grand-mère lui donne un panier vide et lui enfile une blouse rouge qui la fait ressembler au petit chaperon rouge. Elles sortent toutes deux.

- *Noir* -

Acte I, Scène 3

Paris, 2019. Bureau de Tony, au petit matin d'une journée caniculaire. Il fait déjà chaud. L'aménagement intérieur peut évoquer à la fois ou alternativement un bureau d'enquêteur et d'écrivain. Elena et Tony se font face, assis à un bureau sur lequel sont installés un ordinateur et une imprimante. Une corbeille est remplie de papiers. Elle déborde et des feuilles froissées, roulées en boule sont dispersées sur le sol. A côté, un coin salon, avec un canapé, un fauteuil, une table basse et une bibliothèque. Une vanité, un crâne humain, est posée sur une étagère.
Tony retire nerveusement la feuille de l'imprimante, la froisse avant de la jeter en boule par terre.

Tony
OK si c'est comme ça, on reprend tout depuis le début !

Elena
Oh non...

Tony
Si ! Nom !

Elena
Oh non !

Tony
Si ! Ton nom !

Elena *(d'une voix lasse)*
Fata

Tony
Prénom ?

Elena
Cassandre.

Tony
Non, pas Cassandre !

Elena
Pourquoi ?

Tony
Parce que c'est faux, bien sûr ! Ça sent le faux à plein nez, tu le sais, ça, non ?

Elena
C'est pourtant comme ça qu'on m'appelle au travail.

Tony
Pas ici, ça embrouille tout, ça fait faux. Moi je veux le prénom qui est inscrit sur ta carte d'identité !

Elena
Ça fait dix fois que l'on a cette discussion.

Tony
Oui, ça fait dix fois. A qui la faute, hein ? On n'avance pas ! On n'avance pas ! Alors tu me le donnes ton prénom, ton pré-nom ! Tu sais, celui que tes parents t'ont donné. Hein, celui que papa et maman ont choisi pour

leur adorable petite fille ! Ah ! S'ils savaient...

Elena
Salaud !

Tony
Pardon ?

Elena
Salaud ! C'est dégueulasse ce que vous faites. Je vous interdis !

Tony
Alors là ma belle, je t'arrête tout de suite. Tu ne m'interdis rien du tout. Ça ne se passe pas comme ça ici. Je fais ce que je veux. Je pose les questions que je veux et je fais les commentaires que je veux.

Elena
Hé bien moi aussi, je fais ce que je veux et je dis ce que je veux. Et je vous dis que c'est dégueulasse de me parler comme ça de mes parents. Vous le savez très bien.

Tony
Quoi ? Qu'est-ce que je sais très bien ? Que tu ne les as pas connus ? Que papa t'a abandonnée et que maman est morte alors que tu lui tétais le sein ?

Elena
Salaud !

Tony
Ça te choque, hein ? L'image du sein, ça fait un peu parasite. Le parasite qui suce ses proies, qui se nourrit de

la vie des autres, il les utilise, il les consomme, il les vide !
Hé oui ! Hummm… un parasite, qu'est-ce que tu en dis ?

Elena
Je ne sais pas de quoi vous parlez. Plus que dégueulasse, vous êtes grossier, répugnant.

Tony
Oui. Et je peux continuer à l'être si on n'avance pas. C'est comme ça, moi, quand je bloque, j'ai des fourmis dans les doigts, ça me fait mal et je deviens insupportable. Alors, je te conseille de trouver d'autres choses à me dire, et rapidement. *(Il tape du poing sur la table)* Allez, on avance ! Ligne par ligne ! Ton prénom ?

Elena
Je vous l'ai déjà dit.

Tony
Non, celui qui est inscrit sur ta carte d'identité !

Elena
Il ne me parle pas.

Tony, *en criant*
Ton prénom, tu me le donnes, ton prénom ?

Elena
Mais vous l'avez déjà !

Tony
Je veux que tu me le dises.

Elena, *dans un soupir*
Elena.

Tony
Ah ! Tu vois ! Tout à l'heure tu me disais que c'était Sybille.

Elena
Ça aurait pu être Sybille. Si mes parents adoptifs avaient eu une fille, ils l'auraient appelé Sybille.

Tony
Mais Sybille ce n'est pas toi.

Elena
Non. Enfin, certainement un peu du coup.

Tony
Ah non ! Toi c'est Elena ! (*En tapant sur son clavier*) E-LE-NA !

Elena, *après un court silence*
Je n'y avais jamais pensé, mais Sybille, c'était pas mal vu quand même : comme tout le monde m'appelle Cassandre maintenant, quelque part ça se rejoint. Vous voyez...

Tony, *l'interrompant*
Ah ne m'embrouille pas, hein. Tu sais très bien que c'est d'Elena dont on parle ici. Et seulement d'Elena. (*Il la regarde malicieusement*) Enfin, seulement d'Elena, c'est une façon de parler, hein !

Elena
Non mais vous voyez la correspondance ? Sybille-Cassandre, Cassandre-Sybille ? C'est drôle, non ?

Tony, *qui la dévisage et change de ton, plus calme*
Tu te fous de moi, hein ? Tu allumes des contre-feux pour m'enfumer, c'est ça ? *(Courte pause)* Bon, alors, je te propose un truc, on va se calmer tous les deux. On redescend un peu, et on se parle en grandes personnes. Tu m'as dit Elena, on s'arrête là pour le prénom. Ça colle avec les papiers, le dossier, tout ça… C'est cohérent, c'est bien, on avance. Maintenant, on passe un deal. Tu es coopérative, tu me réponds clairement et tu me donnes de la matière. Mais plus de digressions, plus d'enfumages, plus de faux-fuyants. Droit au but. Moi, je veux avancer. Et en échange, je te parle bien.

Elena
Formidable !

Tony
Et si tu m'aides, on finit rapidement et chacun rentre chez soi. D'accord ?

Elena
D'accord.

Tony
Bien. Café ?

Elena
Je n'osais pas le demander.

Il lui prépare un café. Ils sirotent tous les deux, d'abord en silence.

Elena
Il fait chaud, non ?

Tony
Oui, il fait chaud.

Elena
Je veux dire, vu l'heure, il fait vraiment chaud, là !

Tony
C'est sûr.

Elena
Et vous n'avez pas la clim ?

Tony
Non.

Elena
Hé bien il est temps de la demander !

Tony, *sèchement*
Ça n'est précisément pas le moment d'installer la clim, si tout le monde fait ça, on ne fait qu'empirer les choses !

Silence. Tony va chercher un ventilateur et installe un linge humide dessus.

Elena, *en regardant autour d'elle*
Ça ne ressemble pas à un bureau de flic ici.

Tony
Tu trouves ?

Elena
Oui.

Tony
Et moi, je ressemble à un flic ?

Elena
Je ne sais pas.

Tony
Ha ben merde ! Et quand je m'énerve ?

Elena
Je ne sais pas. C'est bizarre.

Tony, *contrarié*
Bon. On reprend. On passe sur l'état civil. Et on en vient aux faits. Je n'ai pas bien compris un truc que tu m'as raconté tout à l'heure : qu'est-ce tu lui voulais, au psychanalyste ?

Elena
Rien !

Tony
Comment ça *rien* ?

Elena
Oui, rien. Évidemment rien !

Tony
Ah oui, mais ça ne va pas, ça ! Il me faut une raison. Ça ne tient pas sinon.

Elena
Qu'est-ce qui ne tient pas ?

Tony
L'histoire, l'histoire que tu me racontes, tout simplement. ça ne tient pas debout.

Elena
Je ne sais pas quoi dire.

Tony
Tu te débrouilles. Il me faut une raison valide, un truc crédible quoi !

Elena
Mais une raison à quoi ?

Tony, *l'imitant*
Mais une raison à quoi ?

Elena
Je n'en peux plus, je veux rentrer chez moi.

Tony, *de nouveau énervé*
La rai-son, tu me la donnes oui ou non ?

Silence.

Tony, *hurlant soudainement en tapant du poing sur la table*
Tu me la donnes !

Elena
Je ne comprends pas ce que vous voulez de moi. Je vous ai déjà tout dit.

Tony
Foutaises ! Je sais bien que tu ne m'as pas tout dit. Mais ne t'inquiète pas. Moi non plus. Et on va continuer comme ça, un petit moment, à jouer au chat et à la souris. Et un jour, tu verras, un jour, de nos échanges surgira la vérité. Et ça je te le promets, elle sera belle la vérité ! éclatante, la vérité ! Elle aura de la gueule, la vérité !

Elena
Vous êtes cinglé.

Tony
Peut-être. Mais moi, j'ai la conscience tranquille.

Elena
Mais moi aussi j'ai la conscience tranquille !

Tony
Ah ouais t'as la conscience tranquille ? *(Feignant la révélation)* Ah mais attends, là, c'est une tout autre histoire ! *(Il reprend son clavier)* Allez, on recommence ! Ton nom !

Elena
Oh non !

Tony
Si, ton nom !

Elena
Je refuse.

Tony
Alors moi aussi, je refuse l'histoire de la conscience tranquille. Ça ne m'intéresse pas, la conscience tranquille.

Elena
Ok.

Tony
Donc tu développes. Qu'est-ce qu'il s'est passé avec le psychanalyste ?

Elena
Mais vous le savez !

Tony
Non.

Elena
La chute, quoi ! Il a chuté, c'est tout !

Tony
Ah oui, ça je sais, merci de me l'apprendre. Il a chuté. On l'a retrouvé en bas de l'escalier. Mais ça, c'est acquis, c'est dans la boite, déjà. Moi ce que je cherche maintenant, c'est comment il est arrivé là.

Elena
Je vous l'ai déjà dit.

Tony
Peut-être que tu me l'as déjà dit ! Mais quand, hein ? Quand ? Tu n'as pas cessé de changer de version depuis hier !

Il se lève brusquement. Il déambule dans la pièce, et se met à chercher parmi les papiers froissés.

Tony
Voilà ! Je vais te montrer un peu comment tu me balades depuis le début. *(Se saisissant de trois boules de papier)* Tu m'as dit ça. Et puis ça. Et puis ça. Par exemple, hein ! Y a d'autres choses aussi ! Alors maintenant tu vas me dire ce que je suis censé retenir ! D'accord ? Hein, elle est où la vérité là-dedans ? *(Posant les boules de papier sur le bureau.)* Ici ? Ou là ? Ou plutôt là ? *(Puis il échange les trois boules de papier comme dans le jeu du bonneteau)* Et maintenant, elle est où, hein, elle est où, la vérité ? Là ? Ou là ? Elle est où, hein, tu me le dis ? Elle est où, la vérité ?

- Noir -

Acte I, Scène 4

Moscou, juillet 1994. Sur le parvis devant un marché couvert. Peuvent être projetées des images d'archives montrant l'agitation de la foule les jours de marché et les queues devant des étals faméliques.

Un barde chante la chanson de Bulat Okoudjava : La prière de François Villon (Молитва Франсуа Вийона).
La petite fille et la babouchka s'apprêtent à rentrer dans le marché, lorsque l'attention de la petite fille est attirée par un groupe d'hommes jouant au bonneteau. Un monsieur gagne plusieurs fois d'affilée, provoquant la stupéfaction de l'attroupement. La grand-mère qui s'est laissée entraînée par la curiosité de la petite fille, se fait happée par la scène et est, elle aussi, fascinée. Le bonneteur s'adresse à elle et lui propose de miser. Elle refuse. Il insiste. D'autres gagnent. Elle essaie une première fois et gagne. Elle joue une seconde fois, une somme toujours mesurée. Elle gagne de nouveau. Elle s'apprête à partir. Le meneur insiste. L'attroupement la presse d'accepter. Elle cède, joue toutes ses économies. Elle perd. La musique s'interrompt brusquement. Le parvis est immédiatement déserté. Seules restent la petite fille qui hurle ses pleurs et la babouchka qui crie « Отдай мне мои деньги ! » (Traduction : Rends-moi mon argent !») et s'effondre de détresse.

- Noir -

Le cri et les pleurs de la petite fille se poursuivent encore quelques instants.

Acte I, Scène 5

Bureau de Tony, agrémenté de plusieurs ventilateurs aux styles divers. Fin de matinée caniculaire. Elena et Tony souffrent de plus en plus manifestement de la chaleur.
Elena regarde par la fenêtre. Elle a l'air fatiguée. Tony est debout et semble nerveux. Il cherche fébrilement parmi les feuilles froissées, les défroisse, les parcoure, en rejette certaines, en conserve d'autres. Le regard d'Elena s'arrête sur la vanité posée sur l'étagère. Elle s'en approche.

Elena, *lasse*
Vous avez trouvé ce que vous cherchez ?

Silence.

Elena
Vous ne me répondez pas ?

Silence.

Elena, *comme à soi-même*
C'est étrange. Tout est étrange. Cette chaleur… *(Regardant autour d'elle)* Cette pièce… Vous... Vos boules de papier. Vos humeurs !

Silence.

Tony, *tenant une liasse de papiers froissés*
Ça y est ! J'ai reconstitué la trame. On y va, on récapitule.

Elena, *blasée*
Allons-y.

Tony
Donc, tu m'as raconté l'arnaque au bonneteau, le retour du marché, ta grand-mère qu'on avait dû asseoir dans l'arrière-boutique d'un vendeur de chaussures, la piqûre du pharmacien pour la calmer, et le voisin qui était venu vous récupérer toutes les deux... Bon. Et puis... et puis... attends là je passe, c'est autre chose... et puis, ah voilà ! La folie qui gagne peu à peu ta grand-mère. Elle ne s'est jamais remise de la perte de ses économies, c'est ça ?

Elena
C'était important.

Tony
Soit. Je poursuis : les voisins qui au fil du temps ne sont plus si bienveillants que ça, la solitude, les dettes et les ennuis qui s'accumulent. *(La regardant)* Elle n'était déjà pas terrible au départ, ta vie, mais là, tout part à vau-l'eau, quoi...

Elena, *faiblement, en s'éventant*
Oui.

Tony
Ça va ? Tu tiens le choc ?

Elena
Oui.

Tony
Tu assumes ?

Elena
Quoi ?

Tony
Ben… ça : ta vie, ce récit !

Elena, *qui s'agace*
Oui, et vous savez quoi ? J'adore entendre mon histoire, et qu'on me la répète encore et encore, ça me fait un bien fou.

Tony
Tant mieux, parce qu'on n'a pas fini ! Ensuite tu m'as raconté que les placards étaient désespérément vides, que les collants troués n'étaient plus jamais recousus, que l'école a commencé à s'inquiéter, que le médecin frappait à la porte pour vous ausculter toutes les deux. Et puis… la santé de la vieille qui décline, et puis… et puis…. voilà ! le jour où on est venu te chercher dans la classe, et où on t'a annoncé son décès… (*Il la regarde*) Et tout ça, tu avais tout juste 8 ans… c'est bien ça ?

Elena, *occupée à regarder par la fenêtre*
Ça doit être ça…

Tony, *s'emportant*
Ah non ! C'est ça ! C'est ce que tu m'as dit, c'est sorti de ta bouche tous ces mots-là !

Elena
Alors… c'est que c'est ça.

Tony
Et puis après, il y a eu le placement, l'orphelinat. Combien de temps tu m'as dit déjà ?

Elena
Je ne sais plus.

Tony
Tu ne sais plus ?

Elena, *s'emportant à son tour*
Non, je sais plus. Je suis fatiguée. Ça fait des plombes que vous m'interrogez. Et je ne sais toujours pas ce que vous me reprochez. Alors maintenant, vous me le dites, et là je pourrai m'expliquer.

Tony, *faussement calme*
Plus tard, plus tard. Pour l'instant, on continue.

Tony se rafraîchit rapidement la tête face à un ventilateur.

Tony
Où on en était ? Ah oui : l'orphelinat !

Elena
Mais en quoi elle vous intéresse toute cette histoire ? Ça ne vous regarde pas, c'est mon histoire, c'est ma vie !

Tony
Allez, je t'aide. Deux ans, voilà, deux ans, tu es restée dans cet orphelinat. Et à dix ans, une nouvelle vie qui commence, on a retrouvé la trace de lointains cousins.

Elena, *regardant dehors*
Si vous le dites.

Tony
Non, ça aussi c'est toi qui l'as dit. Mais moi, là-dessus, je peux broder si tu veux. Je peux par exemple te raconter l'histoire de cette branche de la famille, l'émigration des russes blancs qui ont fui le bolchévisme... Et je peux te raconter comment ils ont hésité à t'adopter, évaluant le pour, le contre, mesurant les risques, t'observant, t'imaginant, te toisant pour voir si tu pouvais correspondre à leurs fantasmes, réaliser pour eux leurs rêves. Bon, le fait est qu'ils se sont lancés... Tope-là ! Affaire conclue et te voilà exfiltrée en France !

Elena
Vous brodez, oui ! Vous brodez et c'est vous qui essayez de me faire correspondre à vos fantasmes.

Tony
Ce n'est pas ça qu'il s'est passé ?

Elena
Je ne sais pas.

Tony
Hé bien si. Et on poursuit le voyage. Tu débarques en France, et puis voilà que tu t'insères plutôt facilement. La greffe a l'air de prendre. Etonnant, hein ? Bref, tu vis ta vie d'ado. Jusqu'à ce que tu fasses une crise de tétanie à la veille du bac blanc. Et là, alerte générale. Parce que ça ne s'arrête pas là. La phobie se déploie et te ronge : Incapable de sortir, de prendre les transports. Tu te renfermes, tu ne vas plus au lycée. Ouf, c'est chaud, hein !

Et c'est là ! Exactement là que tu rencontres le psychanalyste ! Petit veinard, celui-là, c'est son jour de chance, hein ? Pourquoi lui ? Ça aurait pu être un autre ?

Elena
Je ne sais pas. On a pris rendez-vous pour moi. J'y suis allé, voilà tout.

Tony
Bon. Mais c'est là que je bloque, moi. Précisément là. *(Courte pause. Il soupire et s'éponge le front)* Tout coule de source jusque-là. Mais c'est quoi la suite ? Aucune idée. *(Courte pause)* Ça se passait bien avec lui ?

Elena
Oui.

Tony
Oui ?

Elena
Oui !

Tony, *soupirant, découragé*
Pfffff

Elena
Vous avez l'air contrarié. Ça ne va pas ma réponse ?

Tony
Si si, ça va. Pas de souci.

Elena
Qu'est-ce qu'il y a, alors ?

Silence.

Tony
Il y a qu'on ne va nulle part, là.

Elena
Comment ça ?

Tony
On ne va nulle part ! Ça n'a pas de sens, tout ça !

Elena
Comment ça, ça n'a pas de sens ? C'est tout à fait cohérent. Tout ce que je vous dis depuis le début est cohérent !

Tony
Oui, mais ce n'est pas ça le problème !

Elena
C'est quoi le problème alors ?

Tony
Le problème, c'est que ça ne suffit pas. OK, c'est cohérent. Super ! Magnifique ! Ça tient ! ça tient ! Je te disais que ça ne tenait pas debout ton histoire, mais ça tient ! A partir de là, on peut continuer tout droit, c'est facile. On peut tout imaginer, et ça tiendra aussi !

Elena, *interloquée*
Ben alors ?

Tony, *s'emportant*
Justement, tu l'as dit : ben alors ? So what ? Qu'est-ce

qu'on en a à foutre ? Hein ? Je te le demande ! Qu'est-ce qu'on en a à foutre de cette histoire ? Rien ! Rien ! On n'en a rien à foutre, et moi le premier !

Elena
Qu'est-ce qui vous prend ?

Tony
Il me prend que c'est la canicule, qu'on étouffe, que la planète est en train de s'effondrer et moi je suis en train de me demander comment tu as bien pu faire passer le psychanalyste dans l'autre scène ? Mais j'en ai rien à foutre, moi, de pourquoi tu l'as trucidé et comment ! Rien à foutre, tu entends ? Rien à foutre de tes histoires !

Elena
Mais… je ne l'ai pas tué.

Tony
Oh, et puis tu m'emmerdes, toi ! T'es complètement à côté de la plaque ! Centrée sur ton petit monde, là, tes petits meurtres, ah ah ah super, c'est moi, c'est pas moi ! Mais on s'en fout ! Tu ne te rends pas compte que l'urgence est ailleurs ? Qu'on est tous en train de crever ?

- Noir -

Acte I, Scène 6

Chez Elena et Paul-Loup. Pendant toute la scène, on voit par la fenêtre une alternance caricaturale de phénomènes climatiques extrêmes (tempête, averse, grêle, orage, soleil intense …). Mais cela n'a aucune incidence sur le déroulement de l'action et Paul-Loup n'y porte aucun intérêt. Un tapis de course est installé dans le salon, devant un grand écran. Paul-Loup court péniblement. Il porte un masque à oxygène relié à une bouteille.
Paul-Loup peine tant, qu'il hésite à s'arrêter. Puis, tout en continuant à courir, il saisit une télécommande et allume la télé.
Le coach sportif apparait à l'écran, tel le génie d'Aladdin.

Le coach
Hey you ! Oui toi, Paul-Loup ! Tu fais appel à moi pour ne pas lâcher, c'est ça ? Tu es en plein effort et tu commences à faiblir ? *(Paul-Loup hoche de la tête tout en poursuivant laborieusement sa course.)* Tes jambes te paraissent lourdes ? Ton souffle est court et désordonné ? Paul-Loup ! Je sais ce qu'il se passe ! Ce ne sont pas tes capacités qui sont en cause, non, non, non ! Tu as laissé ton esprit vagabonder et s'abîmer dans l'à-quoi-bon ? Attention ! C'est ça qui guette les loosers ! Les loosers, Paul-Loup, tu entends ? Les loosers ! Mais toi, t'es un winner, tu n'es pas rien, tu es celui qui réussit ! *(Paul-Loup hoche la tête.)* T'es un premier, Paul-Loup, c'est écrit dans tes gênes, c'est écrit dans ton histoire, c'est ton destin ! Tu es un premier de cordée, Paul-Loup, et tu ne peux pas

être autre chose. Enfin si, bien sûr, tu peux tout, donc tu pourrais très bien être deuxième, troisième, avant-dernier ou dernier… Tu te débrouillerais très bien à chacune de ces places. Mais ta place, à toi, elle est devant. Devant ! Et même si tu penses l'avoir perdue, cette place. *(Le coach adopte un ton de confidence, parlant plus bas)* Je t'ai bien écouté, Paul-Loup, j'ai entendu que tu as l'impression que la finance t'est passée devant, que la politique ne maîtrise plus rien et que tu n'as plus aucun pouvoir. J'ai entendu aussi que tu trouvais tes électeurs ingrats et ta femme peu attentive ces derniers temps. J'ai entendu tout ça, et c'est notre petit secret. Ça reste entre nous, mais de ton côté, il faut que tu t'en serves. Il faut que tes peurs deviennent colère, que ta colère devienne une rage, et que cette rage devienne ta force ! Parce que tu vas la reconquérir, cette place de premier de cordée ! Tu vas… Tu vas… je te laisse compléter tout seul… Tu vas… ? *(Paul-Loup essaie de lui répondre à travers son masque, ce qui le rend inaudible.)* Plus fort ! *(Paul-Loup répète, plus fort, mais toujours dans son masque.)* Je ne t'entends pas, Paul-Loup, fais un effort ! Plus fort ! *(Paul-Loup tente maladroitement d'enlever son masque tout en courant. Mais le coach reprend déjà la parole avant qu'il n'ait pu répondre.)* Revenir, Paul-Loup, tu vas revenir ! Car, tu le sais, ton drame, c'est que tu n'es pas assez rentré dans l'Histoire ! Mais tu vas le faire, Paul-Loup ! Toi aussi, tu vas laisser une trace ! Enorme ta trace ! Gigantesque ! Inouïe ! Tu vas revenir, ça je te le promets. *(En reprenant un ton plus calme)* Mais pour l'instant, reprenons les bases. Alors baisse un peu l'allure du tapis. *(Paul-Loup s'exécute mais il se trompe dans la manœuvre : le tapis accélère, il est déstabilisé mais rectifie rapidement. Le coach a continué à parler pendant ce temps, ce qui rend flagrant l'absence d'interactivité de ce programme pré-enregistré.)* Voilà. Souffle. Pense à bien souffler. C'est bien. Souffle ! Inspire, souffle, inspire, souffle... Voilà. Redresse-toi. Redresse-toi, tu es tout courbé. Doucement. L'allure, c'est un pied, puis l'autre, un pied, puis l'autre. Comme ça *(Donnant le tempo)* : ta, ta, ta, ta, ta... Un pied, l'autre... Voilà, très bien ! Pense à bien lever les genoux, à arrondir la plante des pieds, redresse-toi, et à pousser en arrière ! *(Il hurle tout à coup)* Redresse-toi ! *(Plus doucement)* Tu es tout ramolli. On dirait un Flamby qu'on a trop laissé au soleil. Allez, de l'allure, de la classe ! Voilà, soigne ta posture. Tu n'as pas le droit de baisser les bras, pas toi ! Non ! Le monde a besoin de toi, Paul-Loup ! De toi ! De tes idées, de ton projet ! *(S'se déchaînant outrageusement, comme a pu le faire un homme politique en campagne ou Le Loup de Wall Street)* Ce que je veux c'est que toi, oui toi ! tu ailles, partout, le faire gagner ! Parce que c'est ton projet ! Et ton proj...

Le téléphone de Paul-Loup a sonné. Paul-Loup se précipite. Il saute du tapis (sans l'arrêter) et coupe la télé. Il décroche son téléphone.

Paul-Loup
Allô ? *(Déçu)* Non, ce n'est pas moi. Non, vous vous êtes trompé de numéro. Y a pas de quoi.

Paul-Loup souffle, serviette autour du cou. Il se désaltère, regarde l'heure. Il tente un appel téléphonique. Personne ne répond. Il réessaie, s'agace, puis fait un autre numéro.

Paul-Loup
Passez-moi Maître Brugnard ! (…) Oui, je sais, mademoiselle, mais ça fait quatre heures que j'attends, il ne m'a pas (…) Mais enfin, vous savez qui je suis ? Alors, vous me le passez, ça suffit. *(Courte pause)* Ah, tout de même ! Jacques, c'est quoi cette nouvelle assistante, tu les recrutes où tes Cerbères ? (…) Bon. (…) Oui, oui, je

comprends. (…) Alors, tu as des nouvelles ? Aucune ? Mais c'est quoi cette histoire ? Et tu ne sais pas qui l'a convoquée ? T'as plus les contacts ou quoi ? Parce que moi, j'ai suivi tes conseils, je lui ai dit de ne pas répondre, qu'il n'allait rien se passer… tu parles ! Alors, si t'es grillé au Palais et que t'as pas osé me le dire, tu me le dis maintenant et j'app.. Oui ? Mais depuis hier, elle est partie ! C'est quoi, c'est une garde à vue ? Tu ne sais pas. Tu ne sais rien. Hé bien franchement, merci ! Non, je ne m'énerve pas, mais là, tout de même, après tout ce que j'ai fait pour toi ! Quoi ? (…) Oui, et réciproquement, et réciproquement. Mais bon (…) Oui d'accord. OK, Ciao, je te tiens au cour…

Maître Brugnard a manifestement raccroché avant que Paul-Loup ait fini sa phrase.

Paul-Loup
Bon. J'ai compris. Elena, ne t'en fais pas ! J'arrive !

Paul-Loup se met en marche d'un pas décidé, mais il met malencontreusement le pied sur le tapis roulant. Il chute.

- Noir -

Acte I, Scène 7

Bureau de l'enquêteur, dans l'après-midi. Deux plateaux-repas ont été consommés. Il fait manifestement froid. Elena et Paul-Loup ont chacun enfilé un pull. Au fur et à mesure, le ciel s'assombrira, préparant l'arrivée de l'orage.
Elena, debout, regarde par la fenêtre. Tony est lui, assis dans un fauteuil de salon, tournant ostensiblement le dos à Elena. Comme s'il était installé au coin du feu, il a un livre dans les mains, d'autres à côté de lui.

Elena, *soupirant*
Lunatique, neurasthénique, bipolaire… le pompon ! Je suis tombé sur la crème de la crème, moi ! De toute la brigade, on a pris le meilleur ! J'imagine vos collègues, ils ont bien dû se marrer. Hé, on le met sur quoi, aujourd'hui, soupe-au-lait ? Ha ben tiens, refile-lui ce truc-là, j'ai pas bien compris de quoi ça parle et personne ne veut s'y coller.

Silence.

Elena
Bipolaire ! Comme la météo, en fait. Vous faites tout pareil ! C'est une coïncidence ou vous êtes indexé ?

Elena se retourne vers Tony.

Elena
Vous m'entendez ? Oh ! Je sais très bien que vous m'entendez, ne faites pas semblant...

Silence

Elena
Vous ne lisez pas, je le vois ! Vous changez de bouquin toutes les deux secondes, vous oubliez de tourner les pages...

Silence. Elle regarde de nouveau par la fenêtre.

Elena
Candy Crush, putain ! Il a même joué à Candy Crush ! Oh ! Mais on est où là ? On est où ?

Elena fait mine de ramasser ses affaires et de partir.

Elena
J'y vais !

Silence

Elena, *vers lui, en attendant une réaction*
Je vais y aller !

Tony
Allez-y, je ne vous retiens pas.

Elena
Pardon ? Mais bien sûr que vous me retenez ! Voilà presque 24 heures que vous me retenez !

Tony
Depuis le début, vous êtes libre de partir à tout moment. C'est la loi.

Elena s'assoit, sidérée.

Elena
Quoi ? Vous rigolez là ?

Tony
Non.

Elena
Mais… vous ne me l'avez pas dit !

Tony
Il y a tant de choses qu'on ne s'est pas dites…

Elena
Mais… Mais… On ne peut pas finir comme ça !

Tony
Faut croire que si.

Elena
Mais non, pas… sans rien ! Y a rien d'abouti, là !

Silence.

Elena
Non non non. Je ne veux pas. On n'a pas fait tout ça pour rien. On reprend !

Silence.

Elena, *criant*
On reprend l'interrogatoire !

Tony
Non.

Elena
Si. Je veux mon interrogatoire.

Tony
Laissez-moi tranquille.

Elena, *changeant de ton, conciliante*
Mais j'ai des choses à dire, moi. Plein de choses à dire.

Tony
Ça ne m'intéresse pas.

Elena
Mais si, vous allez voir, c'est bien !

Tony
Ça ne sert à rien, ça n'a plus de sens tout ça. Tout est foutu. Non, je vous le dis, rentrez chez vous, vous serez mieux.

Elena
Non mais je suis bien, là. Je vous assure, je suis bien. Je trouve ça plutôt coquet ici. C'est sympa, vraiment.

Silence.

Elena, *séductrice*
Alors, vous ne voulez pas que je vous raconte ? Allez, on

essaie. Et puis si ça ne va pas, vous me le dites, et on arrête tout. On se donne une seconde chance. Comme un nouveau départ.

Tony
Il n'y aura pas de seconde chance.

Elena
Allons, allons. Ecoutez-moi, je vais tout vous dire. D'abord, le psychanalyste je n'y suis pour rien du tout. *(Elle laisse passer un peu de temps, mais il n'y a aucune réaction)* Il m'a bien aidée, je n'avais aucune raison de lui en vouloir. Mais à vrai dire, c'est sans faire exprès qu'il m'a aidée. *(Elle attend toujours une réaction, qu'elle n'aura pas. Elle s'assoit sur le canapé)* La phobie, tout ça, c'est parti assez vite en fait. J'ai repris le lycée, les transports... Par contre, il y a une brèche qui s'était ouverte, ça c'est sûr, et il fallait la traiter. L'écouter, comme il disait. C'était compliqué de me replonger dans mon histoire. Au début, c'était comme si je racontais l'histoire d'une autre. J'avais l'impression de papier glacé, je glissais dessus. Et puis peu à peu, ça a changé, comme si c'était... entre deux. Pas tout à fait mon histoire mais quand même un peu ! Un sentiment d'étrangeté, il disait. Etrange et pénétrant... ni tout à fait la même ni tout à fait une autre... *(Elena jette un coup d'œil en direction de Tony, mais il n'y a toujours pas de réaction)* Et puis, au fur et à mesure, ce n'était plus une histoire d'étrangeté, c'était au contraire très proche, très réel. La peine, la douleur m'ont envahie. C'était violent. La brèche, grande ouverte, vomissait sa souffrance. Je pleurais. Beaucoup. *(Elena s'interrompt, plaquant ses yeux et son front dans le creux des mains.)* Oï que je n'aime pas ça. C'était douloureux, vraiment. Un cri sans fin. Alors je lui en ai voulu, au psychanalyste. *(Haussant un peu la voix)* Au

psychanalyste, je lui en ai voulu. (*Elle se retourne de nouveau, toujours pas de réaction*) Je ne savais pas si, de mon malheur, il en était la cause ou le remède.

Elena, prise dans son récit, après s'être assise sur le canapé, s'y allonge maintenant, de telle sorte que l'on retrouve une scène similaire à celle d'un cabinet de psychanalyse, le fauteuil de Tony étant disposé derrière la tête d'Elena, de trois-quarts dos.

Elena
Parfois, je le haïssais, et puis l'instant d'après, je m'en voulais. Ah! La culpabilité... Je m'en souviens maintenant, elle m'avait envahie sans que je comprenne pourquoi. Tout était pour moi source de culpabilité : un mot, un geste. Causer du malheur à l'autre était devenu ma hantise. Prévenir le malheur mon obsession. Ma mission. Mais ça allait loin, trop loin ! C'était paralysant, c'était obsédant. Et puis, bien sûr, il y avait Babouchka, ma grand-mère... Ah, Babouchka ! Douchenka maya... je l'ai tant pleurée... tu me manques ma Baba... tes petits pains, ta kacha, ton odeur... ah comment la dire, ton odeur ? Elle est là présente, parfois elle me revient à l'esprit et pffft, comme un rêve, elle disparaît aussitôt. Baba ! Je me refaisais l'histoire, sans cesse. Je m'en voulais de ne pas l'avoir aidée, de n'avoir été qu'une petite fille, avec ses caprices, ses colères... Je n'ai pas pu la sauver, vous entendez ? Je n'ai pas pu la sauver. Elle a sombré. (*Elle sanglote*) Un jour.... Le psy a dit un truc, je ne sais plus quoi. Mais tout à coup, la scène du marché, vous vous souvenez de la scène du marché ? Eh bien je m'en suis souvenue autrement. Avant, c'était un souvenir comme un autre, un peu lointain. Et là, tout à coup, il prenait un sens nouveau. Je ressentais à quel point ça avait cassé les jambes de ma grand-mère, à quel point le sol

s'était dérobé sous ses pieds. Je la ressentais moi-même, la chute, physiquement je veux dire. J'en avais le tournis. Mes jambes tremblaient. Je me suis levée, mes jambes m'ont lâchée, mon corps m'a lâchée, ma tête m'a lâchée. Je suis tombée évanouie, comme un château de cartes qui s'effondre... humm un château de cartes, je n'y avais pas pensé ! Oui, bien sûr, c'est un château de cartes... amusant ! Parce qu'un jeu de cartes est à l'origine de tout ça, après tout. Et puis un château de cartes, c'est un peu l'image de la pyramide MMM qui s'est effondrée. Vous connaissez l'histoire MMM, cette entreprise spéculative ? Non, vous ne connaissez pas, mais ce n'est pas grave. En tout cas, moi, quand je me suis effondrée par terre sur la moquette du psychanalyste, c'est comme si c'était le système soviétique tout entier qui s'effondrait, et en même temps ma grand-mère qui s'effondrait et en même temps moi, telle que j'étais avant, petite, et puis ado, qui m'effondrais. Bref c'était le monde entier qui s'effondrait.

Tony, *toujours concentré sur ses lectures et lisant soudainement à voix haute*
    « Un immense désespoir
    Noir
    M'atteint
    Désormais... »

Tony jette son livre, se tortille dans son fauteuil comme s'il cherchait quelque chose, puis se lève pour poursuivre sa recherche.

Elena, *poursuivant sans percevoir l'agitation de Tony*
Exactement ! J'étais à ramasser à la petite cuillère. Abattue par cette compréhension nouvelle : c'était moi qui étais à l'origine de ce malheur. Moi qui, en tirant ma grand-mère par le bras avait déclenché cet effondrement.

C'était terrible. Je m'en voulais énormément. Je refaisais le film des centaines de fois dans ma tête. Je ne pensais plus qu'à ce jeu, le bonneteau, à ces gens. J'avais la haine en moi. J'allais les voir sur les trottoirs de Barbès, c'en était d'autres mais c'était les mêmes. Les mêmes je vous dis, avec ce scenario immuable : le meneur de jeu qui manipule ces trois cartes, une reine de cœur et deux rois noirs, les complices qui font semblant de miser, le meneur qui les laisse gagner pour donner envie aux touristes de passage. Pendant longtemps j'avais cru qu'il s'agissait vraiment d'un jeu de hasard, je ne voulais pas voir, je ne voulais pas croire. Mais bien sûr, le hasard n'y est pour rien. C'est la cupidité sordide sans cœur et sans remords qui est alors maitre du jeu... *(Elena s'interrompt en voyant Tony déambuler depuis quelques instants dans la pièce. Elle se redresse.)* Mais... mais... Vous cherchez quelque chose ?

Tony
Oui, mon téléphone. Vous n'auriez pas vu mon téléphone ?

Elena
Votre téléphone ? Mais comment ça ? Et moi, ce que je vous dis...

Tony
Oh j'en étais sûr... Han ! Le taxi ! Je l'ai oublié dans le taxi ! Ah quel con, c'est pas vrai !

Elena
Mais non, il n'est pas dans le taxi !

Tony
Qu'est-ce que vous en savez, vous ?

Elena
Parce que vous avez joué avec tout à l'heure !

Tony
Ah oui, c'est vrai. Il est où alors ? *(Il reprend ses recherches)*

Elena
C'est moi qui l'ai.

Tony
Quoi ?

Elena
Je vous l'ai pris. Trop d'écran, suffit ! Confisqué !

Tony
Pardon ? Mais qu'est-ce que vous racontez ?

Elena
Ha ben justement, bonne question : qu'est-ce que je vous raconte depuis tout à l'heure ? Vous pouvez me le dire ? Non ! Parce que vous ne m'écoutez pas.

Tony
Mais si, je vous écoute, voyons ! Allez, rendez-le-moi !

Elena
Non, vous ne m'écoutez pas. Je le sais. *(Comme apitoyée)* Vous n'en avez toujours rien à faire de mon histoire, hein ?

Tony
Oui.

Elena
Ça vous arrive souvent de lâcher vos enquêtes en plein milieu ?

Tony
Ça m'arrive.

Elena
Vraiment ?

Tony
Ça m'est déjà arrivé. Mais là, c'est particulier.

Elena
Qu'est-ce qu'il y a de particulier ?

Tony
Vous ne voyez pas que la situation est exceptionnelle ? Qu'on devrait se foutre de nos petites affaires du quotidien et que l'essentiel est ailleurs ?

Elena
L'essentiel ? Vous voulez dire : le climat ? *(Faussement admirative)* Ohh ! Et la solution se trouve là bien sûr ! Dans votre fauteuil, dans vos livres, votre téléphone !

Tony
Mais qu'est-ce que vous voulez que je fasse d'autre ? Hein ? Qu'est-ce que vous faites, vous ? Vous luttez, vous changez des choses ? Non ! Bien sûr que non ! Mais vous, en plus, vous vous en foutez ! Et vous voyez, là, je me mets en colère, mais en fait ça n'est pas de la colère ! *(Court silence. Il reprend, plus calme)* C'est de la peine. Une incroyable peine. Immense et profonde comme l'océan.

Elena, *touchée*
Oh…

Silence. Il fait maintenant sombre.

Tony
Asseyez-vous, je vais vous dire une chose.

Elena
Oui ?

Tony
Vous savez, Elena, on ne se connait pas beaucoup.

Elena
C'est sûr.

Tony
Hé bien, ça va peut-être vous surprendre, mais…

Elena
Oui ?

Tony hésite, puis se lance.

Tony
Quand je pense à ce qui nous attend, le pire pour moi n'est pas que je meure, c'est que vous mouriez.

Elena, c*oquette*
Ohhhh !

Tony
Oui, que vous mouriez, et que tout meure avec vous.

Tenez, je vais vous lire quelque chose. Ecoutez bien :

> « Un immense désespoir
> Noir
> M'atteint
> Désormais, je ne pourrais
> M'égayer au rose et frais
> Matin.
> Et je tombe dans un trou
> Fou,
> Pourquoi
> Tout ce que j'ai fait d'efforts
> Dans l'Idéal m'a mis hors
> La Loi ? »

Elena
Ça me dit quelque chose.

Tony
Je vous l'ai lu tout à l'heure. C'est de Charles Cros. Mais écoutez-moi encore. Je n'ai pas fini. *(Tony poursuit son propos en gardant le livre à la main, ce qui amène Elena à penser qu'il poursuit sa lecture)* Un gouffre s'est ouvert, notre monde disparaît emportant avec lui le sens même de l'Histoire. La fin avant, c'était la mort, mais la mort, elle…

Elena, *se troublant au fur et à mesure, telle Roxanne découvrant son Cyrano*
Comme vous lisez !

Tony
… n'était pas une fin. Elle était inscrite dans l'Histoire et participait à l'Histoire. Elle construisait l'Histoire. L'Histoire se nourrissait de cette mort qui ne cessait

d'être là, gagnante et perdante à la fois. Lorsque quelque chose mourrait, une autre s'animait.

Elena, *telle Roxanne*
Vous lisez d'une voix…

Tony
L'absence qui lui succédait avait elle aussi son sens. Là, ce qu'il se passe, ce qui nous attend, c'est tout autre chose. C'est le cadre lui-même qui explose. Il n'y aura bientôt plus rien pour contempler la fin. Pas un belvédère où pleurer la beauté. Non, il n'y aura plus rien. La mémoire et l'Histoire sont en train de s'évaporer.

Elena, *telle Roxanne*
Vous lisez… d'une voix… Mais… que j'entends chez vous pour la première fois !

Tony
Alors… vous vous inquiétez de mon enquête ? Mais pour qu'il y ait enquête, il faut qu'il y ait un sens. Or il n'y a plus de sens, plus aucun : plus de direction, plus de signification, et bientôt même, plus de sensations. Il n'y a plus de sens, il n'y a plus d'histoire. Le temps tout rabougri se replie sur lui-même. Tout en colimaçon, il rentre dans un trou noir. Où en est donc ma quête de sens ? Il n'y a plus de droite, on rêverait d'un point, il n'y a plus de point, il n'y a plus rien.

Elena, *telle Roxanne et s'approchant*
Comment pouvez-vous lire à présent ? Il fait nuit. *(Reprenant un ton plus naturel)* Enfin pas nuit mais c'est tout comme. *(Soudainement toute à son excitation)* Oh ! C'est vous qui avez écrit ça ! Je le savais ! J'en étais sûre !

Tony
C'est pour ça, Elena, je vous le dis encore, le pire n'est pas que je meure, c'est que vous mouriez. Et avec moi, avec vous, tout ce qui se dit, tout ce qui est. Un gouffre s'est ouvert, Elena, notre monde disparaît emportant avec lui le sens même de l'Histoire.

Elena
Mais…. Vous pleurez… N'en dites pas plus.

Elena l'embrasse.

- Noir -

On entend le bruit de l'orage et de l'averse.

Acte I, Scène 8

Elena et Tony sont tendrement enlacés dans le canapé. Ils parlent, après l'amour. Le soleil est revenu, la lumière est douce et tempérée.

Tony
Des vagues immenses ! De mémoire d'homme, les gardiens n'avaient jamais vu ça. Le vieux Robert ne le disait pas, de toute façon, c'était un taiseux, il ne disait jamais rien, mais ça se voyait que même lui était impressionné. Sans exagérer, elles venaient se fracasser sur la coupole à trente mètres de haut !

Elena
Oh vraiment ?

Tony
Oui, ça tapait et c'était d'une violence inouïe. Le phare tremblait à chaque assaut.

Elena, *admirative*
Et qu'est-ce que tu as fait ?

Tony
Moi, je n'étais que simple stagiaire. J'étais là pour l'été, je me faisais petit, j'essayais de ne pas déranger. Et puis, franchement, qu'est-ce que je pouvais faire ? Alors je me suis mis à prier.

Elena
Prier ?

Tony
Oui, prier. Je ne crois pas en Dieu pourtant.

Elena
Prier si on ne croit pas en Dieu, je n'en vois pas bien le sens.

Tony
Je sais. Mais je peux te dire que ça m'a bien aidé.

Elena, *se lovant dans ses bras, et tendrement moqueuse*
C'est vrai ? *(Elle réfléchit)* Tu m'apprends à prier ?

Tony
Moque-toi !

Elena
Non, vraiment, Tony, s'il-te-plaît ! Comment est-ce qu'on prie ? On ne m'a jamais expliqué, à moi ! *(Elle chantonne sur l'air de Petit papa Noël)* Petit jésus que j'aime, apporte-moi…

Tony
Mais non !

Elena
Alors comment ? Tu disais quoi, toi ?

Tony
Je ne sais plus. Je priais pour que le phare soit un roseau.

Elena, *moqueuse*
Ah ! Et ça a marché ?

Tony, *lassé*
Allez, ça suffit.

Elena
Au moins tu sais quoi faire maintenant.

Tony
Pour quoi ?

Elena
Pour tes angoisses ! Tes trucs de fin du monde, tout ça !

Tony
Oh arrête !

Elena
Non, vraiment, je suis sérieuse !

Tony
Mais non…

Elena
Mais si, prie ! Ou fais l'amour, ça a l'air de marcher aussi.

Tony
Oh…

Elena
Je t'assure, Tony, tu as l'air beaucoup moins angoissé que tout à l'heure.

Tony, *sérieusement, presque sombre*
Je peux replonger, tu sais.

Elena, *jouant d'un air coquin*
Dans l'amour ?

Tony
Dans l'angoisse.

Elena, *toujours légère*
Mais ça t'arrive souvent de faire des crises comme ça ?

Tony
Oui. Tu prends ça à la légère, mais, moi, ça ne me fait pas rire.

Elena, *le considérant sérieusement*
Je…

Tony, *l'interrompant*
A vrai dire, souvent j'oublie et ça va. Mais c'est quand la réalité se rappelle à moi, avec les infos, la météo, je ne sais quoi encore, alors là, je panique ! J'ai l'impression d'être un ours sur la banquise, maintenant que je sais que je peux passer au travers à tout moment, évidemment ça me fait flipper.

Elena, *attendrie*
Tu es vraiment un drôle de mec, toi. Qu'est-ce que tu fais dans la police ?

Tony
Bof… la vie ! Mais tu sais, j'aurais bien aimé être écrivain, ou mieux ! poète.

Elena
Ah oui, c'est pas pareil !

Tony
C'est une recherche de vérité.

Silence.

Tony
Et toi, ça ne te stresse pas, tout ça ?

Elena
Quoi ?

Tony
Le climat.

Elena
Non.

Tony
Jamais ?

Elena
Jamais.

Tony
Tu ne te sens pas concernée ?

Elena
Ce n'est pas ça. C'est que ça va s'arranger. Tout s'arrange toujours.

Tony
Ah bon ?

Elena
Oui. Dans l'Histoire, tout s'est toujours arrangé, non ?

Tony
Non, je ne pense pas.

Elena
Si, bien sûr !

Court silence.

Tony
Je t'envie, tu sais. Je ne suis pas sûr d'aimer ce que tu penses, ni ce que tu fais, mais je t'envie.

Elena
Pourquoi ?

Tony
Ça a l'air simple de vivre à ta façon. De ne pas se poser de questions.

Elena
C'est vrai.

Tony
Tu as de la chance.

Elena
Si c'est une chance, tu sais à qui je la dois ?

Tony
Non.

Elena
Au psychanalyste.

Tony, *croyant à une plaisanterie*
Oh !

Elena
Oui, oui.

Tony, *rigolard*
Tu me charries, là !

Elena
Non, et en plus, c'est en mourant qu'il m'a aidée !

Tony, *riant toujours*
Tu me fais marcher !

Elena
Je t'assure, je suis sérieuse ! Je te raconte ?

Tony
Mais non, voyons !

Elena
Décidemment, tu ne veux pas la clore, ton enquête !

Tony, *en tentant de l'embrasser*
Mais tu ne vois pas que je suis en pause, là ! je suis en RTT. *(Se faisant pressant)* Et puis l'essentiel est ailleurs, non ?

Elena tente de se dégager de l'étreinte, puis se laisse au fur et à mesure entraîner dans les délices de Tony, tout en poursuivant tant bien que mal son récit.

Elena
C'était un jour où il était tout guilleret. Je ne sais pas pourquoi, mais il avait l'air d'être bien. Alors…oh, mais, laisse-moi parler… c'est pas vrai, ah ahah ! … non mais écoute, vraiment, s'il te plait ! Alors que moi, j'étais toujours… arrête ! dans ma période prise de tête, à réfléchir à… arrête, je te dis !... à la portée de chacun de mes gestes, de chacune de mes paroles. Et ce…ah ! Mais c'est pas vrai ! Ce jour-là, écoute ! Il s'est passé quelque chose d'extraordinaire, qui m'a totalement libérée de ma culpabilité.

Tony, *la couvrant toujours de baisers*
Ils sont forts… ces psycha…nalystes tout… de même.

Elena
A la fin de la séance… hihihi !... il m'a raccompagné jusqu'à la porte … oh !... comme à son habit…ude. Oh ? Oh oui, c'est bon, ça. Hmmm. Sur le paillasson, il y avait … il y avait un colis. Je me rappelle encore de son… sourire ! Hmmmm. Au moins il est mort … content.

Jusqu'à ce qu'il se redresse, plus loin, Tony semble n'écouter Elena que très distraitement, tant il est affairé à l'embrasser.

Tony
C'est … à ce … moment-là…. qu'il est mort ?

Elena
Oui ! En se …. pen..chant … pour ramasser le co… le colis, il s'est pris les pieds …. Les pieds dans le tapis ! Et il a dévalé les escaliers.

Tony
Oh… Qu'as-tu fait ?

Elena
Rien ! Rien ! Oh oui, continue… là… J'étais cho…. choquée. Inca…pable de pen… de penser. Je me souviens … de son regard.

Tony
Il n'é…tait… pas … mort ?

Elena
Non, non ! Pas tout de suite. Oh oui ! Il avait le cou bri… le cou brisé. Il m'a regardé… regarde-moi, oh oui ! Il m'a regardé. C'était étrange ! Il avait encore … son sourire… figé, mais ses yeux , oh oui ses yeux.. ses yeux disaient la peur … et la surprise. Il me … il me… regar..dait, et c'était comme … comme ! Comme s'il m'appelait. Ah ! En silence.

Tony
Et toi… et toi ? Tu… tu l'as … tu l'as aidé ?

Elena
Non ! Je… oh oui, c'est b… je… je ne l'ai pas aidé. Je suis pas… passée à… à côté de lui… et je suis pa… et je suis partie.

Tony, *se redressant soudainement*
Tu plaisantes !

Elena, *se redressant aussi*
Non ! C'était trop tard de toute façon. S'il n'était pas déjà mort, il allait mourir. Je n'y pouvais rien.

Tony
Oh... quelle horreur ! Mais comment as-tu pu partir ?

Elena
Précisément, parce qu'il venait de me guérir de ma culpabilité. Allez, viens, on continue !

Elena l'attire dans l'étreinte. Il s'en dégage.

Tony
Mais comment ça : « il t'a guérie » ?

Elena, *se redressant de nouveau*
En tombant ! En se prenant les pieds dans le tapis ! Pas un mot de sa part, rien. Juste un acte. Qui m'a fait ressentir.... que je ne ressentais rien. Rien ! Libérée ! Il se passait ça devant moi, j'aurais pu me sentir coupable alors que je ne l'étais pas, j'aurais pu être traumatisée alors que dans le fond ça ne me concernait pas... hé bien non, je ne ressentais rien du tout. C'était son histoire, pas la mienne.

Tony
C'est... glaçant !

Elena, *outrée*
Pas du tout ! Mais alors pas du tout ! ça a été une libération ! La culpabilité me lâchait enfin les baskets ! Je pouvais vivre, à fond ! Sans gêne, sans frein, sans honte. J'étais guérie ! Allez, viens ! *(Elle tente de l'entraîner)*

Tony, *tenté mais résistant à l'étreinte*
C'est sûr, c'est plus simple quand on s'en fout.

Elena, *se levant*
Exactement ! C'est ça qui s'est passé ! A partir de là, tout a été plus facile. Je me suis mise à penser à la vitesse de l'éclair. Tout était léger. J'ai pu finir mes études brillamment. J'ai été recrutée avant même de sortir de mon école. J'ai travaillé dans les plus grandes banques, j'ai été très vite reconnue, réputée. On m'a tout de suite écoutée. C'en était même étonnant au tout début, et puis après je m'y suis faite. Je disais une chose, les gens étaient persuadés que c'était vrai.

Tony
C'est l'inverse de Cassandre, ça !

Elena
Je n'arrête pas de le leur dire, ils s'en fichent !

Tony
Ah ! En fait, ils te croient, mais ils s'en foutent !

Elena
En quelque sorte. Mais ça les rassure quand même. Même si les prévisions ne sont pas bonnes. Dès lors que j'ai parlé, pour eux, il n'y a plus de danger, il n'y a plus que des opportunités.

Tony
Halala c'est bien, ça, c'est ce qu'il me faut !

Elena
Quoi ?

Tony
Ça ! Ta parole ! Tu ne veux pas me dire ce qu'il va nous arriver ?

Elena
A nous ?

Tony
A nous tous, à la terre, à l'humanité !

Elle le regarde amusée

Elena
Tu es complètement obsédé, mon pauvre.

Tony
Allez, dis-moi l'avenir, s'il-te-plaît !

Elena, *se prêtant au jeu*
Attends, je vais voir ce que je peux faire.

Tony
Tu veux du marc de café ?

Elena, *en se dirigeant vers la fenêtre*
Non... laisse-moi prendre mon inspiration.... dans les nuages ! On va voir ce qu'ils nous disent, les nuages... ha ben pas de chance, y'en a pas de nuages dans le CIEL !

Elena a crié ce dernier mot en sursautant, car Paul-Loup a soudainement ouvert la porte de la pièce.

Tony
Qu'est-ce qu'il y a ?

Elena
Mon mari !

- Noir -

Acte II, Scène 1

Les trois personnages sont exactement dans la même position qu'en fin d'acte. La lumière reste douce.

Tony
Mais qu'est-ce que vous faites là, vous ?

Paul-Loup
Je viens chercher ma Dame, monsieur.

Tony
Hé bien, elle est là, rentrez.

Paul-Loup
Je vous remercie. Je trouvais le temps un peu long, je commençais à m'inquiéter. Ça va, ma doudoune ?

Elena, *gênée*
Oui, oui, ça va.

Paul-Loup
Oh ma Belle, tu m'as manqué, tu sais ! Hein, tu sais ça ? Faut plus partir comme ça, hein ! Faut pas suivre n'importe qui sans raison ! Oh ma doudoune, je suis tellement content. Tiens je t'ai apporté un petit cadeau. *(Il lui passe un collier autour du cou)* Voilà !

Elena ne répond pas.

Paul-Loup
Mais tu as l'air toute chose. Ça va ? Il t'a maltraitée ? Dis-moi, ma doudoune, tu sais que tu peux tout me dire, à moi. Alors il t'a embêtée, ma chérie ?

Tony
Mais Monsieur ! Je ne vous permets pas ! Vous savez où vous vous trouvez au moins ? D'ailleurs, comment êtes-vous arrivé là ? Qui vous a laissé entrer ?

Paul-Loup
Vous-même, à l'instant.

Tony
Ah, mais certainement pas ! C'est faux ! Et en bas ? Les plantons ! Qui vous a mené ici ?

Paul-Loup
Oh, vous savez, vos collègues sont faciles à convaincre... il y a quelques failles de sécurité, disons... Mais, ne vous fâchez pas ainsi. Je viens juste récupérer mon Bien, et je repars aussitôt.

Tony
Votre bien ?

Paul-Loup
Oui, mon Bien, mon bonheur. Elena me fait beaucoup de bien. Beaucoup. C'est une femme incroyable, vous savez !

Tony
Mais....

Paul-Loup
Oh ça suffit, hein. Laissez-nous tranquilles quelques instants s'il vous plait ! Ce sont nos retrouvailles, nous aimerions pouvoir en profiter un peu, d'accord ? Alors soyez gentil...

Tony
Soyez gentil ? Qu'est-ce que … Et puis ce n'est pas un lieu pour des retrouvailles. Mais d'où il sort ce fou ?

Paul-Loup
De chez moi !

Elena
Il n'est pas fou, tu sais, c'est Pierre-Loup ! Je t'en ai parlé, il est comme ça.

Paul-Loup
Comment ça tu lui as parlé de moi ? Et vous vous tutoyez ? Oh... mais ne me dites pas... ! Ah non hein ne me dites pas que vous... Vous ! Quoi ? Et moi je serais le dindon de la farce, c'est ça, hein ? Et vous... vous vous donnez souvent rendez-vous ici, hein ? Charmante, cette petite garçonnière !

Paul-Loup s'échauffe et dénoue sa cravate pour mieux respirer.

Elena
Aïe aïe aïe, il commence à s'énerver. Quand il s'énerve, il devient tout rouge et a du mal à respirer.

Paul-Loup
Mais comment tu parles de moi, ma chérie ? Hein, comment tu parles de moi ? Moi qui t'ai couvée, moi qui

t'ai élevée. Tu n'étais rien, et grâce à moi, tu es devenue tout. Tout pour moi en tout cas. Mais pas seulement ! T'as fait une super carrière grâce à moi ! Sans moi hein, tu crois que t'aurais fait comment ? Tu ne sais même pas compter jusqu'à trois ! Et là tu fais la pluie et le beau temps, t'es dans ton agence de notation, tu regardes les gens du haut de ton petit strapontin, tu juges, tu notes, tu grades et tu dégrades comme bon te semble, en suivant ton humeur, et ton instinct... ça c'est ce que les gens croient, hein ! Ils sont épatés par ton instinct, ton flair. Tu sais prédire les évènements, trop forte ! C'est bluffant... Ah ben oui, c'est bluffant ! Parce que c'est du bluff ! Parce que ton instinct c'est moi ! Et moi seul ! Et pourtant j'y connais rien hein à la finance ! Rien du tout. Même pas besoin ! C'est un monde où il suffit d'avoir l'air assuré. Vous voulez savoir, inspecteur ? Vous voulez connaitre les clefs du métier, allez je vous les donne, gratos ! C'est un monde, vous dites n'importe quoi, peu importe. Soit ça se réalise et alors là bravo, trop fort ! Soit ça ne se réalise pas, et il y a plein de raisons pour expliquer pourquoi les conditions ont changé. Et puis surtout... surtout... la clé, c'est quoi hein, la clé, inspecteur, la clé c'est quoi ? Je vous le demande ? C'est quoi ? C'est le performatif ! Hé oui, le performatif. Je vois à votre regard perdu que vous ne comprenez pas, hé ben alors faut se réveiller hein inspecteur, faut faire marcher le ciboulot là, c'est un peu plus compliqué que la circulation à la sortie des écoles, la haute finance hein, vous avez vu ! Le performatif ! C'est là, la clé ! Hé oui, c'est un monde où vous dites quelque chose et le fait même de le dire, ça la réalise, cette chose ! C'est pas une bonne valeur, vous allez voir, ça va se casser la gueule ! Hé ben hop, ça se casse la gueule ! C'est pas magique ça ? Alors le talent de ma petite loute là, vous savez ! Son don divinatoire ? Ses prophéties auto-réalisatrices oui ! Ah Cassandre ! Formidable ! Hé ben son talent c'est moi ! Son instinct c'est moi ! Son bluff c'est moi ! Son cœur c'est moi ! Sa tête c'est moi ! Je suis son sang ! Je suis son âme, je suis tout pour elle, elle est tout pour moi, alors n'y touchez pas, bas les pattes !

Tony
Mais euh…

Paul-Loup, *imitant Tony*
Mais euh… Mais euh… Meuh ! Meuh ! Bovin !

Silence consterné.

Paul-Loup, *tentant de se calmer*
Excusez-moi. Mes mots ont rattrapé ma pensée. *(Il s'assoit.)* Mais tout de même, ce n'est pas correct ça. Me faire ça à moi ! Après tout ce que j'ai fait pour elle. *(Montant de nouveau en colère)* Parce que madame là, elle est peut être toute câline avec vous je ne sais pas quel jeu elle joue, mais vous savez que c'est une killeuse !

La scène se fige. Il y a un bref échange de regard entre les trois personnages.

Tony, *marquant son intérêt*
Ah bon ?

Paul-Loup, *se reprenant*
Oui ! Je veux dire une killeuse dans son travail ! Aucun scrupule, jamais ! Aucun remords, jamais ! Rien. Que de la froideur, de l'assurance et de l'autorité. Que de la science mathématique, de la logique. Aucun état d'âme,

jamais ! Et vous savez ce qu'elle en dit ? Que c'est normal, qu'elle ne fait pas de la morale, ce n'est pas immoral ce qu'elle fait ! Elle, son domaine, c'est l'amoral, mais entendez bien, avec un « l » apostrophe. A-moral : qui n'est pas du ressort de la morale ! Alors elle entreprend parfois des petits chantiers de charité, par-ci par-là. Comme Marc Dutroux prendrait soin du potager communal, vous voyez. Mais c'est à côté, ça. C'est une annexe. Une dépendance. Non, quatre-vingt-quinze pour cent de ce qui l'occupe, ce sont les affaires, le business. Les bonnes œuvres, la charité, c'est cinq pour cent, tout au plus. Et puis, vous savez quoi ? Dans ces cinq pour cent, si vous prenez un microscope, qu'est-ce que vous trouvez ? Je vous le donne en mille : moi ! Je suis dans la soupe, là, je suis en train de faire des grands signes, pour qu'on me voit, qu'on ne m'oublie pas, qu'on ne me laisse pas me noyer tout seul ! Je veux qu'elle me voie pour qu'elle ne m'avale pas comme si j'étais un vulgaire crouton !

Tony
On vous voit, on vous voit.

Elena
Mais chéri, tu te trompes !

Paul-Loup
Ah non : *Tu* me trompes !

Elena
Non, tu te trompes, je t'assure. C'est vrai, on a fait un peu connaissance avec Monsieur l'inspecteur. Mais il ne s'est rien passé, je te le promets. Voyons, mon chéri, je t'assure, je n'ai jamais aimé que toi !

Paul-Loup
Ah, un petit coup d'œil sur les cinq pour cent ! J'ai ma chance, elle regarde la soupe. Mais peut-être va-t-elle me manger, l'ogresse !

Elena
Mais non voyons, ne dis pas de bêtises, tu es tout colère, là mon chéri. Tu sais que tu es touchant, quand tu es en colère comme ça... mais dis donc, (*Elle le taquine et le chatouille comme un animal de compagnie*) tu sais que c'est mignon de voir à quel point tu m'aimes ! Oh tu m'aimes, toi, oh tu m'aimes, oh tu m'aimes m'aimes m'aimes, toi hein...

Paul-Loup, *réagissant avec plaisir aux chatouilles*
Hihihi !

Elena
Et tu sais mon bébé, les quatre-vingt-quinze pour cent dont tu parles, c'est pour toi que je les fais. C'est pour ton bien, pour notre bien à tous les deux, mais pour ton bien à toi aussi, mon chéri, je te le promets. Est-ce que je t'ai déjà oublié, est-ce que je t'ai déjà négligé ?

Paul-Loup, *reniflant comme un petit garçon*
Oui !

Elena
Mais non, voyons, qu'est-ce que tu racontes ? Tu l'as dit toi-même : tu es ma vie, tu es mon sang, tu es mon amour, tu es ma morale !

Paul-Loup, *roucoulant*
Oui mon Amour, oh comme j'aime quand tu me parles comme ça ! Je suis si content de te retrouver, tu sais que tu m'as fait peur mon bébé ?

Elena
Oui je sais, je sais.

Paul-Loup
Si on rentrait ?

Elena
Tu as raison, rentrons.

Ils se couvrent l'un l'autre et s'apprêtent à partir.

Tony, *les interrompant*
Hum hum.

Paul-Loup
Oui ?

Tony
Je crois que vous m'avez oublié.

Elena
On a fini, non ? Vous avez eu ce que vous vouliez !

Tony
C'est vous qui le dites.

Elena
Mais enfin ! Je vous ai raconté tout à l'heure, je n'y suis pour rien pour le psychanalyste. Vous me croyez non ?

Tony
Oui

Paul-Loup, *tentant de forcer le passage*
Bon alors, on peut rentrer !

Tony
Non. Je vous crois sans problème quand vous dites que vous n'y êtes pour rien. Et même je pense que vous n'y êtes pour rien *doublement*. *(Il insiste sur ce dernier mot)*

Elena a un léger raidissement.

Elena
Doublement ?

Tony
Je dis bien *doublement*.

Paul-Loup
Comment ça *doublement* ? ça veut dire quoi *doublement* ?

Tony
Ça veut dire que je ne crois pas que la patiente qui était avec le psychanalyste l'ait tué, tout comme je ne crois pas que cette patiente ait été vous.

Paul-Loup
Je n'y comprends rien.

Tony
D'ailleurs, je n'enquête pas sur la mort du psychanalyste. Ce n'est pas cette mort qui m'intéresse. C'est une autre.

Paul-Loup
Ce n'est pas plus clair, mais si vous voulez.

Tony
Oui. Mais n'allons pas trop vite. Il me faut d'abord élucider une autre d'affaire.

Elena, *blême*
Une autre d'affaire ?

Tony
Une affaire de vol d'identité.

Elena, en *se laissant tomber dans le canapé*
Ah ?

Paul-Loup
Ah ! Un vol de carte d'identité ! Mais voyons on n'a volé personne, nous, monsieur. Allez bon, laissez-nous partir. Vous n'allez pas nous retenir des heures pour ça et puis quoi encore ? On a grillé une priorité ? On a piqué la place de parking d'une vielle dame ? allons, soyons sérieux...

Tony
Je suis sérieux.

Paul-Loup
Allez hop, laissez-nous partir. Viens chérie, on y va !

Paul-Loup tire Elena par la manche pour l'amener vers la porte.

Paul-Loup, *s'apprêtant à sortir*
Monsieur, on vous salue bien bas. Et bien le bonsoir à

votre femme !

Tony, *à la façon de l'inspecteur Colombo*
Ah ma femme ! Oui, vous avez raison de m'en parler. Ma femme... Vous savez que ma femme me dit souvent que je ne fais pas assez attention à elle. Et aux détails aussi. Attention, que l'on se comprenne bien, je n'ai pas dit que ma femme était un détail pour moi. Non non non, pas du tout... mais vous savez. Récemment il lui est arrivé un truc idiot, à ma femme. Elle est tombée dans la rue. Elle revenait des courses, elle n'a pas vu le trottoir. Paf, elle s'est cassée le poignet. Hé bien vous savez quoi ? Quand je suis rentré chez moi le soir, je n'ai pas vu tout de suite qu'elle portait une attelle. Ça parait incroyable non ? Une attelle pourtant ça se voit... on ne peut pas manquer ça. C'est à se demander... *(Feignant la révélation)* Mais j'y pense... *(S'adressant à Elena)* Oh pardon, de mon indélicatesse. Ne le prenez pas mal, l'enchaînement n'est pas très heureux, mais, dites-moi, je ne peux pas ne pas vous poser la question. Sinon ma femme me dirait encore que je ne fais pas assez attention aux détails... Cette canne ... Je n'osais pas vraiment aborder le sujet, mais puisque Monsieur m'y fait involontairement penser... Qu'est-ce qu'il vous est arrivé ? Un accident ?

- Noir -

Acte II, Scène 2

Tous trois sont assis autour de la table basse. Le ciel va s'assombrir au fur et à mesure pour laisser place à l'orage et aux averses.
Dans un souci de clarté, le prénom du personnage féminin indiqué lors de l'attribution des répliques demeure : Elena.
Paul-Loup sert le pastis. Elena est en pleurs.

Paul-Loup
Bon, voilà, vous savez tout. C'est malheureux cette histoire, hein ? Qu'est-ce que vous en pensez ? Une tragédie, moi je dis. Une tragédie. Vous avez vu l'état dans lequel ça la met, la petite ? Allez tenez, on va tous prendre un petit pastis pour faire passer ça. Tiens, ma chérie.

Elena, *dans ses pleurs*
J'en veux pas !

Paul-Loup
Mais si tiens, c'est le pastis de l'amitié, tu vois, même monsieur l'inspecteur, euh Tony, allez je t'appelle Tony, hein, même Tony, il va en prendre. Voilà. On va boire un petit coup. Parce que là ça fait tout de même beaucoup d'émotions !

Elena
Je n'en veux pas !

Paul-Loup
Allons, prends, bois, ça se voit, tu es sous le choc, bois ça va te faire du bien.

Elena
Je ne suis pas sous le choc.

Paul-Loup
Mais si tu es sous le choc. Et puis qui ne le serait pas, hein ? Une histoire pareille. Ça fait froid dans le dos. *(Il mime des frissons)* Ouf, tiens, rien que d'en parler, moi ça me file des frissons.

Tony
Ça ne me file pas de frissons, à moi. Vous ne m'avez encore rien appris de ce que je ne savais déjà. On n'est pas encore au bout de l'histoire.

Paul-Loup
Pas au bout de l'histoire ? Oh ben merde, alors ! Et on en a encore pour longtemps, d'après vous ? Parce que là, tout de même...

Tony
Ça dépend de vous.

Paul-Loup
Ben… là je suis à sec. *(Il se ressert un pastis)* Je ne sais pas quoi vous dire de plus.

L'orage se fait entendre au loin.

Tony
Je vais vous aider, je vais vous dire ce que je veux savoir.

On va y aller pas à pas. Je vais essayer d'être clair, parce que parfois ça peut paraitre un peu confus. Donc. Elena, euh… Elena ou Elisa, comment je vous appelle maintenant ?

Elena
Comme vous voulez.

Tony
Donc, Elena, euh Elisa, si j'ai bien compris, dans cette voiture il y avait vous, Elisa donc, et… Elena ! C'est ça ?

Paul-Loup
Et moi !

Tony
Et vous. C'est ça. Vous à l'arrière. Elisa conduisait. Euh non Elena. Euh, si ! Elisa !

Paul-Loup
C'est simple : Elena que vous avez ici en face de vous, c'est Elisa en fait, lorsqu'elle ne s'appelait pas encore Elena. Et c'est elle qui conduisait. Elena, elle, enfin pas elle mais l'autre, était à ses côtés sur le siège passager. Elisa avait malheureusement trop bu. Mais ça peut arriver à tout le monde, hein inspecteur, vous n'allez tout de même pas lui chercher des noises pour ça des années après, hein ? Vous n'allez pas rajouter du malheur au malheur ? De toute façon, ça vous ne pourrez pas le prouver, vous n'en avez aucune preuve. Bref, Elisa a un peu raté le virage. Bon. Voilà quoi, c'est tout.

Tony
Non ce n'est pas tout. Vous racontez ça comme si c'était

un accident de rien du tout. Elena est morte dans cet accident ! Vous vous en rendez bien compte qu'Elena est morte ?!

Paul-Loup
Ah. Oui...

Tony
Et donc là, vous avez eu la très bonne idée, excellente, je dois dire, judicieuse, succulente, d'échanger les places entres Elena et Elisa.

L'orage se fait plus proche.

Paul-Loup
Oui. C'était pour le bien de tout le monde. Pas la peine qu'Elisa ait des problèmes à cause de cette stupide histoire d'alcool. Alors je l'ai mise sur le siège d'Elena et Elena, je l'ai installée au volant. Voilà.

Tony
Voilà. Excellente idée, comme je disais. Elisa, ici présente, était donc, elle, inconsciente. Et Elena était morte. C'est bien ça ?

Paul-Loup
Oui.

Tony
Et donc les secours sont arrivés. On a emmené tout le monde à l'hôpital. Et là...

Paul-Loup
Et là, qui pro quo, je vous l'ai dit. Enorme qui pro quo.

Le truc de fou ! Comme le sac d'Elena avait valsé jusque sous le siège du conducteur, ils ont cru qu'il appartenait à Elisa. Et c'est eux hein, c'est pas moi, c'est eux qui ont commencé ! Ils ont commencé à appeler Elisa Elena !

Tony
Et vous, vous avez continué.

Paul-Loup
Ben oui. Je ne voulais froisser personne moi. Et puis je ne voulais pas de problème, hein. Allez Tony, j'insiste, le verre de l'amitié. Santé !

Tony
Et comme elles se ressemblaient...

Paul-Loup sert à Tony un nouveau pastis, même si Tony n'avait pas bu le premier. Le tonnerre gronde.

Paul-Loup
Tellement ! vous ne pouvez pas savoir. C'est d'ailleurs comme ça qu'on a fait connaissance, hein ma chérie !

Elena, *dans un sanglot*
Oui.

Paul-Loup
Hé oui, on s'est rencontrés, on était en boite avec Elisa, euh avec Elena.

Tony
Vous voyez : même vous, vous vous y perdez !

Paul-Loup
Oui c'était troublant. D'emblée. On aurait dit des jumelles. C'est le barman qui nous a mis en contact. C'est le premier à avoir remarqué qu'il servait deux clientes qui se ressemblaient comme deux gouttes d'eau.

Tony
Mais la discothèque, ce n'était pas ce soir-là, si ?

Paul-Loup
Oh non ! C'était bien avant ! Des mois avant !

Tony
Et donc pendant des mois, vous avez …

Elena
On a fait connaissance et très vite nous sommes devenues inséparables. C'était la sœur dont j'avais tellement rêvé !

Elena sanglote. Un éclair est rapidement suivi du tonnerre.

Tony
Et elle vous avait beaucoup parlé d'elle, de son histoire ?

Elena
Un peu. Mais pas tant que ça, c'était douloureux, vous savez.

Tony
Alors comment avez-vous pu vous approprier ainsi toute son histoire, la Russie, la babouchka, l'adoption, le psychanalyste, tout ça... vous en parliez, vous étiez très convaincante, vous savez.

Elena
Ça c'est...

Paul-Loup
Ça c'est moi ! C'est moi ! C'est moi qui l'ai aidée. Pas mal, hein ? Je lui ai raconté tout ce que je savais, moi. Elisa c'est ma Galatée, je suis son Pygmalion.

Tony
Oh non, arrêtez ! Pas un prénom de plus, c'est déjà suffisamment compliqué comme ça.

Paul-Loup
Oui mais tout de même, moi je suis son Pygmalion !

Il pleut à verse à partir de ce moment-là et jusqu'à la fin.

Tony
Et Elena, la première, la vraie, à vous, elle vous avait parlé.

Paul-Loup
Bien sûr ! ça faisait déjà quelques années que l'on était en couple, combien, quatre, cinq ans ?

Elena
Il y avait aussi ses carnets intimes.

Paul-Loup
Elena écrivait beaucoup. Tout était consigné. Un récit millimétré. Un truc de dingue, même. Un récit très froid, on aurait dit un compte-rendu opératoire. A l'image de ce qu'elle était dans la vie d'ailleurs, surtout au boulot : redoutablement efficace et directe. Factuelle. Les faits. Les chiffres. La logique. Point.

Tony
Mais pour le travail, justement, comment avez-vous fait ? Les collègues, ils ont bien dû remarquer quelque chose... malgré la ressemblance, ça ne s'invente pas un comportement au travail !

Paul-Loup
Ça ne s'invente pas, non. Ça s'apprend. Alors je l'ai coachée. Et avouez-le, je l'ai sacrément bien coachée ! Au début, Elena euh ! Elisa était en convalescence, on a progressivement invité des collègues de travail d'Elena. Soi-disant pour l'aider à retrouver la mémoire. Et quand elle faisait des gaffes, ne reconnaissait pas quelqu'un, confondait les gens et les infos, hop c'était très facile de faire passer ça pour des séquelles. Alors on a fait ça, on a pris notre temps, disons. Au fur et à mesure, on les connaissait bien, les collègues. On en a identifié un qu'on a un peu plus utilisé. On lui a fait croire qu'Elena était malheureusement plus atteinte qu'on ne pouvait le dire. Alors il nous a briefé en détail sur toute l'organisation du service, les clients tout ça... et il était toujours là pour rattraper le coup, une fois Elena officiellement retournée au boulot. Un bon mec. Une bonne poire. Chouette gars, celui-là.

Tony
Quel travail, chapeau !

Paul-Loup
Merci.

Tony
Il me reste deux questions maintenant. La première c'est à vous Elisa que je la pose. Qui êtes-vous, Elisa ? Je veux

dire avant de devenir Elena, qui étiez-vous ?

Paul-Loup
Personne !

Tony
Laissez-la répondre !

Paul-Loup
Personne, je vous dis. Elle n'était personne.

Tony
Personne n'est personne.

Paul-Loup
Si !

Elena
Je... comment dire... il est possible qu'il dise la vérité, vous savez. Je crois qu'il a raison, je n'étais personne.

Tony
Mais vous aviez eu une vie auparavant ! Une famille, des amis, peut-être un travail, des collègues...

Elena
Oui mais tout ça, vous savez... ça a toujours sonné creux pour moi. Non, il vaut mieux que je vous parle d'Elena.

Tony
Mais...

Elena, *l'interrompant*
Elena était une belle personne, vous savez. Elle était

formidable. Elle a été un tournant dans ma vie.

Tony
Ça !

Elena
Non, je veux dire. Avant, avant l'accident. Elle a été pour moi un révélateur. J'étais en errance. A partir du moment où je l'ai rencontrée, plus rien n'a été comme avant.

Paul-Loup
C'est vrai qu'on s'amusait bien ! on faisait un chouette trio.

Tony, *à Elena*
Mais vous en parlez.... vous l'aimiez ?

Elena
Oui, je l'aimais.

Tony
Je veux dire, vous avez eu une liaison avec elle ?

Elena
Oui.

Paul-Loup
Quoi ?

Tony
Elle dit qu'elle a eu une liaison avec Elena.

Paul-Loup
Mais non, elle se trompe : c'est avec moi qu'elle a eu une

liaison ! avec moi !

Tony
Non, ce qu'elle dit, c'est qu'elle, Elisa, a eu une liaison avec Elena.

Paul-Loup
Vous avez mal compris. Elisa a commencé à ce moment-là à avoir une liaison avec moi !

Tony
Ah non, vous c'est avec Elena que vous aviez une liaison ! Vous m'avez dit tout à l'heure que vous étiez en couple depuis quelques années.

Paul-Loup
Oui. Mais sur la fin, il s'est trouvé que j'ai aussi eu une histoire avec Elisa. Enfin, vous le voyez bien : nous sommes toujours ensemble !

Tony
Oui mais attendez, que je comprenne bien. Vous, Paul-Loup, vous étiez en couple avec Elena. Vous rencontrez tous deux Elisa, qui devient une amie proche. Puis Elisa entretient d'une part une liaison avec Elena d'un côté. Et de l'autre avec vous. C'est ça ?

Elena, *gênée*
C'est ça.

Paul-Loup
Quoi ?

Tony
Sans que ni l'un ni l'autre ne le sache.

Elena
C'est ça.

Paul-Loup
J'y crois pas !

Paul-Loup se ressert du pastis.

Tony
Hé oui. Et ça peut faire de vous un suspect idéal.

Paul-Loup
Un suspect ? Mais de quoi voyons ? je suis suspecté de l'accident ? J'étais derrière !

Tony
Non ! Vous êtes suspecté de l'assassinat de votre compagne ! Par jalousie ou pour vivre avec votre maitresse, ça reste à préciser.

Paul-Loup
Ah oui ? Un assassinat ! Et comment ça ?

Tony, *en se levant et se dirigeant vers la fenêtre car son attention est attirée par l'orage qui persiste au loin.*
Les freins ont été sabotés, vous le savez.

Un temps d'arrêt.

Paul-Loup
Qu'est-ce que vous racontez ?

Elena
Mais non ils n'ont pas été sabotés !

Tony, *en regardant par la fenêtre*
Si madame, ils ont été sabotés. L'expert l'avait écrit dans un rapport. Mais ce rapport n'est jamais parvenu jusqu'au juge. Le juge en a eu une deuxième version signée du même expert, mais qui disait le contraire.

Paul-Loup
Comment vous savez ça vous ?

Tony, *toujours en regardant par la fenêtre*
C'est la femme de l'expert qui nous l'a remis à la mort de ce dernier. Elle nous a parlé de vous. Vous lui aviez laissé un souvenir... marquant.

Elena
Dis-moi que ce n'est pas vrai ! Tu m'as toujours dit que c'était un accident, un accident ! Que j'avais perdu le contrôle, parce que j'avais trop bu...

Elena s'effondre en pleurs. Paul-Loup accuse le coup.

- Noir -

Acte II, Scène 3

Tous trois sont assis autour de la table basse dans un lourd silence. Dehors, il continue de pleuvoir à verse.

Paul-Loup
D'évidence…

Elena, *en pleurs*
Il n'y en a pas !

Tony, *qui est affalé dans son fauteuil et semble hébété, perdu dans ses pensées*
Ça…

Silence.

Elena
Mais enfin… pourquoi ? Pourquoi as-tu fait ça ? Comment as-tu pu ?

Paul-Loup
Je…

Elena
Ne dis rien. Ça va hein ! ça va… j'en ai assez entendu pour aujourd'hui ! Quel salaud, mais quel salaud ! Me faire ça, à moi !

Paul-Loup
C'est à elle que…

Elena
C'est pareil ! Tu es un monstre, tu entends tu es un monstre ! Tu as tué, tu te rends compte, tu as tué !

Paul-Loup
Mais non je ne l'ai pas tuée.

Elena
Comment ça, tu viens de nous le dire !

Paul-Loup
Ah. Oui, mais enfin bon… c'est pas… c'est pas vrai, je ne voulais pas la tuer… c'est pas vrai.

Elena
Ha bon ? Et qu'est-ce que tu voulais faire en sciant les freins de la voiture alors, hein ? D'ailleurs, tu n'as toujours pas répondu à la deuxième question de l'inspecteur : comment tu savais qu'elle allait être tuée elle, et pas moi ? Et pas toi ? te planquer sur le siège arrière, c'était ça ton plan pour toi ? Et pour moi ?

Paul-Loup
Mais… voyons je…

Elena
Réponds !

Paul-Loup
Oh, ma chérie, c'est sordide cette discussion. C'était il y a tant d'années, tu ne crois pas qu'il est temps de passer à

autre chose ? Enfin, regarde le chemin qu'on a parcouru, regarde, ouvre les yeux sur ton bonheur, sur..

Elena
Réponds !

Paul-Loup
Mais… *(Après un certain temps)* Tu te rappelles, on devait partir à deux voitures.

Elena, *sèchement*
Je ne me rappelle pas.

Paul-Loup
Mais si, tu sais, et c'est parce que l'Audi n'a pas démarré, qu'on est tous rentrés en BM.

Elena
Ah oui peut-être….

Paul-Loup
Hé oui, justement peut-être, peut-être ! Y avait des peut-être partout dans cette fichue histoire, y avait rien de certain et voilà, avec des peut-être, ben ça a tourné au fiasco !

Elena
Au fiasco ?

Paul-Loup, *tentant de se rattraper*
Non, pas un fiasco, mais… mais c'est un drame ce qui s'est passé, tu es bien d'accord ?

Elena
Un fiasco, tu as dit ! Mais… oh non c'est pas vrai ! C'est pas vrai ! Ah le salaud, le salaud ! *(Elle commence à le taper)* Le salaud ! Quel enfoiré ! Monstre, tu es un monstre !

Paul-Loup
Aie aie, mais ça va pas, enfin calme-toi ma chérie !

Elena
Ma chérie ? Je t'interdis de m'appeler *ma chérie !*

Paul-Loup
Mais enfin, calme-toi !

Elena
Ah le salaud ! Je m'en rappelle bien de l'Audi maintenant ! Et c'est vous deux qui deviez rentrer en Audi, c'est vous deux ! C'est pas moi, c'est vous, et si c'est vous, qui est-ce qui devait rentrer toute seule en BM hein, salaud, t'as voulu me tuer, salopard ! T'as voulu me tuer et c'est sur elle que c'est tombé !

Paul-Loup
Mais non voyons ma chérie, tu te trompes…

Elena
Ça suffit ! J'en ai assez entendu. Je m'en vais. Monsieur l'inspecteur, bravo, vous avez fait du super boulot, je vous félicite ! Maintenant, moi, je rentre. Et je vous le laisse, vous en faites ce que vous voulez !

Paul-Loup
Ah non, attends-moi si tu t'en vas, je m'en vais avec toi.

Elena
Laisse-moi !

Paul-Loup
Je ne peux pas vivre sans toi !

Elena
Hé bien ne vis pas !

Paul-Loup, *se précipitant lui aussi vers la porte*
Attends ! *(à Tony qui s'était levé)* Ah et vous, poussez-vous, vous gênez !

Tony
Non, je sors, moi aussi !

Paul-Loup
Mais non, vous, vous restez là.

Tony
Ah non, si vous sortez, je sors !

Paul-Loup
Mais pourquoi ?

Tony
Mais parce que… parce que ça marche comme ça ! Nos destins sont liés, vous ne l'avez pas compris encore ?

Elena
Nos destins sont liés ?

Paul-Loup, *soudainement intéressé*
Attends laisse-le, écoute… qu'est-ce que vous voulez dire par là ?

Tony
Vous ne voyez pas ce qui est en train de se passer ?

Paul-Loup
Quoi ?

Tony
Le dérèglement climatique, la catastrophe annoncée ?

Paul-Loup
Ah le con, j'ai cru qu'il allait nous proposer un deal !

Tony
La fonte de la banquise, la montée des océans, la disparition des insectes ?

Paul-Loup
Hé mon gars, faut pas me dire des trucs comme ça, hein ! *Nos destins sont liés*, tu le dis quand t'as quelque chose à proposer normalement, tu le dis pas comme ça, à la légère.

Tony
Ah mais je ne parle pas à la légère ! Il n'y a rien de léger dans ce que je dis ! Rien du tout ! On va tous mourir, c'est ça que je vous dis ! On va tous mourir !

Paul-Loup
Il est fou !

Tony
Je dis qu'on va tous mourir et vous me traitez de fou, c'est dire le degré d'aveuglement ! Je ne comprends pas comment vous pouvez vous désintéresser de ça. C'est le

déluge, tout s'effondre autour de nous, et vous, la seule chose qui vous intéresse, ce sont vos petites affaires.

Paul-Loup, *fièrement*
Ce ne sont pas de petites affaires, il s'agit d'un meurtre, monsieur !

Tony
Et alors c'est bien dérisoire, non ?

Paul-Loup
Mais c'est le monde à l'envers ! C'est vous qui avez tout fait pour ressortir cette histoire ! On l'avait oublié, nous ! ça nous a fait beaucoup de mal, c'est douloureux ! Regardez la petite, dans quel état vous l'avez mise ! Alors elle est gentille, elle ne se plaint pas trop, mais elle pourrait se plaindre, hein, elle pourrait se plaindre ! Vous êtes un sacré type tout de même. Vous nous mettez la tête dans la bassine en permanence et quand vous nous la relevez, c'est pas pour nous laisser respirer, non non non ! C'est pour nous dire qu'on est vraiment trop cons de s'être mis la tête dans la bassine ! J'ai connu des tortionnaires un peu moins tordus que vous Monsieur.

Tony
Je ne suis pas un tortionnaire ! Je suis un citoyen apeuré. Un citoyen du monde. Un héritier d'une longue lignée qui remonte au paléolithique.

Paul-Loup
Psychopathe !

Tony
Et même avant ça ! Je suis l'héritier des premiers

planctons qui ont proliféré au fond des océans, je suis l'héritier du miracle de la vie qui s'est produit on ne sait-où et on ne saura vraisemblablement jamais pourquoi.

Elena
Il délire, mon chéri, je le connais, c'est un illuminé.

Tony
Oui, je suis un illuminé ! Car je suis tout comme vous l'héritier des poussières d'étoiles et des ondes gravitationnelles, et je suis l'hériter du big bang !

Paul-Loup
Et du chaos ! ça ! Il y a un trait de famille qu'on ne peut pas manquer. Ça va là-haut ? Non franchement, asseyez-vous, vous allez voir… Là, ça a un peu chauffé, ça va aller mieux maintenant. Allons, allons, asseyez-vous je vous dis. Tiens tenez, c'est le pastis, peut-être, je vous en ai trop servi tout à l'heure, c'est de ma faute. Ceci dit, si vous voulez en reprendre, je vous sers, ça va vous faire du bien. Il est bon votre pastis. Tiens chérie, je t'en ressers un petit verre aussi, et puis on va reprendre nos esprits, tous ensemble. Moi je pense que le coup du destin lié, c'est quelque chose qui mérite attention. Ça me va droit au cœur, en fait. Je pense qu'on devrait en parler un peu plus. Je suis sûr que je peux vous aider, je sais pas à… à réaliser un rêve. Vous avez un rêve que vous aimeriez réaliser ?

Tony
Quel rêve peut-on avoir maintenant ? Tout est foutu.

Paul-Loup
Voyons ne dites pas ça ! C'est vrai que vous êtes un peu excentré là, mais c'est certainement dû à un mauvais

concours de circonstances. Croyez-moi, vous avez du talent, vous faites un sacré enquêteur ! Je connais du monde, on pourrait vous mettre sur des enquêtes un peu plus importantes.

Tony
Plus rien n'a d'importance s'il y a le désastre.

Paul-Loup
On peut vous mettre sur des enquêtes euh… qui sont au cœur de tout, des trucs essentiels pour l'avenir de l'humanité, on va trouver.

Elena, *moqueuse*
Tu parles d'un enquêteur ! Il rêve d'être poète.

Paul-Loup
Ah. Alors ça…. J'sais pas trop. Tu connais des gens là-dedans, toi ?

Elena
Non.

Paul-Loup
Bon, ne vous en faites pas, on va trouver. Mais faut être sérieux, si je vous trouve une place de poète, euh… par exemple, je ne sais pas moi, à l'Elysée, ça vous dirait ça une place de poète à l'Elysée ? Je suis sûr que ça peut marcher, mais faut se montrer à la hauteur. Ce n'est pas pour vous mettre la pression, mais « je suis l'héritier du big bang », je ne sais pas si ça va passer. Enfin, faudra voir avec eux, hein ce n'est pas mon domaine. Bref, si vous voulez que je vous aide, il faut que je sois encore dans le coup, vous comprenez. Faut pas me faire des misères.

C'est là que nos destins sont liés. Donc moi, je vous propose un deal, gagnant gagnant.

Tony, *criant tout en restant assis*
Je veux sortir !

Paul-Loup
Mais pour aller où ?

Tony, *toujours assis*
Je veux vivre ! Je ne veux plus dépendre de vous, c'est un enfer ! Je veux vivre ! Je veux sortir ! Sortir et fuir votre duo infernal ! Fuir ! Fuir pour vivre !

Elena
Mais qu'est-ce qu'il a ?

Paul-Loup
Il a qu'il n'a pas compris un truc. Alors je vais t'expliquer, mon petit gars. Oh ! Tu m'écoutes, Tony ? Oh ! Alors, tu vois, toi, moi, elle, c'est la même chose, tu comprends ? Nous sommes les mêmes ! Pareils ! Tu ne vaux pas mieux que nous. Tu es juste à une autre place par hasard. Et tu n'en fais rien de mieux que nous ! Alors quand tu me parles mal, tu parles mal à toi-même. Je te le dis, tu aurais pu être à ma place, j'aurais pu être à la tienne. Sauf que finalement moi je suis ici et toi tu es là. OK ? C'est comme ça. Hop, fin de l'histoire.

Tony, *qui s'effondre encore plus dans le fauteuil*
Fin de l'Histoire ? Ahhhh !

Paul-Loup
Pauvre homme !

Tony se lève brusquement et tente de sortir. Il est vite rattrapé par Paul-Loup et Elena, qui le ceinturent version plaquage de rugby. Ils le ramènent sur son fauteuil.

Paul-Loup
Tu restes là, toi maintenant ça suffit. *(à Elena)* Il est complètement taré ton ami !

Elena, *hurlant, haineuse*
Taré !

Paul-Loup
Tellement taré qu'il en devient inoffensif. Je ne vois même pas pourquoi on a eu peur de lui.

Elena
Ouais faut pas qu'il bouge quand même. *(à Tony, en hurlant)* Bouge pas !

Paul-Loup, *tentant de calmer Elena*
Doucement, doucement.

Elena
Faut qu'on conclue l'enfer !

Paul-Loup
L'enfer ?

Elena
L'affaire !

Paul-Loup
Tu as raison. *(à Tony)* Oh tu m'écoutes ? On va passer un deal, et après, mais seulement après, tu sortiras.

Tony
Non !

Elena, *violente*
Tais-toi ! Tais-toi ! On se tait !

Paul-Loup
Mais…

Elena
Tous ! On se tait ! Trop de mots ! On se tait et on se reparle après.

Silence.

Tony se lève brusquement et se rue vers la porte. De nouveau, Paul-Loup et Elena se précipitent sur lui. Cette-fois, la lutte est âpre. Paul-Loup et Tony sont enlacés dans un corps à corps. Elena cherche un outil, prend la bouteille de pastis et frappe violemment à plusieurs reprises. Les deux corps tombent, toujours enlacés.

Elena, *touchant prudemment les corps.*
Chouchou ? Chouchou ?

Paul-Loup se redresse difficilement.

Elena
Ah chouchou ! Tu m'as fait peur ! J'ai cru…

Paul-Loup
Bon. Il a eu son compte.

Elena, *effarée*
Il est… il est mort ?

Paul-Loup
Tu viens de lui fracasser le crâne !

Elena
Oh !

Paul-Loup, *l'imitant*
Oh !

Elena
Mais je ne voulais pas faire ça !

Paul-Loup
Hé bien tu l'as fait. Et on va devoir se débrouiller avec ça.

Elena
Oh mon dieu, c'est de pire en pire, notre situation ! On s'enfonce, là, mon chouchou, on s'enfonce.

Paul-Loup
Non, on ne s'enfonce pas ! On fonce, c'est tout. Ça va vite, mais on ne s'enfonce pas ! *(Il se met à déambuler dans la pièce, pour stimuler sa réflexion)* On ne s'enfonce pas. On fonce. On fonce. Réflexion. Réflexion intense.... Respiration ! Réflexion... Réflexion intense.... respi.. *(S'arrêtant soudain, tout sourire)* J'ai trouvé !

Elena
Quoi ?

Paul-Loup, *fièrement*
J'ai trouvé !

Elena
Mais quoi ?

Paul-Loup
Attends, tu vas voir.

Paul-Loup sort son téléphone et compose un numéro.

Elena
Qu'est-ce que tu fais ?

Paul-Loup lui fait signe de patienter, puis il raccroche.

Paul-Loup
Il ne répond pas. Pas grave, je rappellerai.

Elena
Qui ?

Paul-Loup
Anthony.

Elena
Ton cousin ?

Paul-Loup
Oui. Il va nous aider à effacer la perte.

Elena
Effacer la perte ?

Paul-Loup
Il a toujours voulu être flic non ? Il a raté le concours, c'est le profil idéal. *(Paul-Loup soulève la tête de Tony et la montre à Elena)* Hé ! Regarde ! Franchement ! Tony ! *(Paul-Loup arrange les cheveux de Tony autrement, puis change la coiffure en fonction du prénom)* Anthony ! Tony ! Anthony ! Tony !

Anthony ! Génial, non ?

Elena
Tu crois ?

Paul-Loup
Sûr, cent pour cent. Tu vois, tout s'arrange toujours. On va pouvoir rentrer à la maison, l'affaire est close.

- Noir -